**edição brasileira©** Ayllon 2024
**tradução do romeno©** Fernando Klabin
**apresentação©** Mirella Botaro

**título original** *Femei* (1933)

**edição** Suzana Salama
**assitência editorial** Julia Murachovsky
**revisão** Raquel Silveira
**capa** Lucas Kroëff

ISBN 978-85-7715-934-5

**Dados Internacionais de Catalogação na Publicação (CIP)**
**(Câmara Brasileira do Livro, SP, Brasil)**

Sebastian, Mihail (1907–1945)

*Mulheres*. Mihail Sebastian; tradução de Fernando Klabin; apresentação de Mirella Botaro. 1. ed. Título original: *Femei*. São Paulo, SP: Ayllon, 2024.

ISBN 978-85-7715-934-5

1. Literatura romena. I. Título.

23–172909                                                    CDD: 859.3

**Elaborado por Eliane de Freitas Leite (CRB 8/ 8415)**

**Índices para catálogo sistemático:**
1. Contos: Literatura romena (859.3)

Esta obra foi fomentada pelo
Programa de Apoio à Tradução e Publicação
do Instituto Cultural Romeno (TPS).

*Grafia atualizada segundo o Acordo Ortográfico da Língua*
*Portuguesa de 1990, em vigor no Brasil desde 2009.*

*Direitos reservados em língua*
*portuguesa somente para o Brasil*

AYLLON EDITORA
Av. São Luís, 187, Piso 3, Loja 8 (Galeria Metrópole)
01046–912 São Paulo SP Brasil
Telefone/Fax +55 11 3097 8304
editora@hedra.com.br

www.hedra.com.br

Foi feito o depósito legal.

# Mulheres
## Mihail Sebastian

Fernando Klabin (*tradução*)
Mirella Botaro (*apresentação*)

1ª edição

São Paulo   2024

**Mihail Sebastian** (1907–1945) foi um dos maiores intelectuais romenos do século passado. Além de romancista, atuou como dramaturgo, jornalista e ensaísta. Foi influenciado pela literatura francesa e pela rebeldia das vanguardas artísticas europeias das décadas de 1920 e 1930, assim como os compatriotas Emil Cioran, Eugène Ionesco e Mircea Eliade. A despeito da notoriedade que construiu no meio artístico, não teve o reconhecimento de seus contemporâneos por ser judeu, e passou a ser excluído e execrado desse círculo. Morreu tragicamente em 1945, aos 38 anos, atropelado por um caminhão militar soviético. A publicação de sua obra traz de volta à atenção do público um dos mais importantes autores do cenário literário romeno.

**Mulheres** (1933), romance de estreia de Mihail Sebastian, é sua segunda obra publicada, após a novela curta *Fragmentos de um diário encontrado* (1932). A história acontece em quatro partes, sutilmente articuladas pelas memórias que flutuam entre elas. O livro acompanha a vida de Ştefan Valeriu, desde a juventude em um *resort* nos Alpes até a vida adulta já estabelecida entre Paris e Bucareste. Na contramão do ideal romântico e burguês do amor, *Mulheres* explora temas como o vazio, as contradições e os desencontros que caracterizam o sentimento amoroso e, mais amplamente, as relações humanas. Renée, Marthe, Odette, Emilie, Maria e Arabela não são apenas os nomes das mulheres com quem o protagonista se relaciona: elas também simbolizam retratos da Europa entre guerras. E, em última análise, *fazem e definem* Valeriu, na medida em que ele, talvez, não tenha contornos próprios definidos. Ou, ao menos, eles não nos são revelados. *Mulheres* é, enfim, um hino ao amor em todas as suas formas — muitas vezes imprudentes, outras gloriosas e sobretudo efêmeras.

**Fernando Klabin** nasceu em São Paulo e formou-se em Ciência Política pela Universidade de Bucareste, onde foi agraciado com a Ordem do Mérito Cultural da Romênia no grau de Oficial, em 2016. Além de tradutor, exerce atividades ocasionais como fotógrafo, escritor, ator e artista plástico.

**Mirella Botaro** é professora de Estudos Brasileiros na Universidade Sorbonne Nouvelle e traduz obras literárias do francês para o português. É vencedora do prêmio GIS *Études Africaines en France*.

# Sumário

Apresentação, *por Mirella Botaro* . . . . . . . . . . . . . . . . . . . . . . . . . . . 7

MULHERES. . . . . . . . . . . . . . . . . . . . . . . . . . . .15

Renée, Marthe, Odette . . . . . . . . . . . . . . . . . . . . . . . . . . . . . . . 17

Emilie . . . . . . . . . . . . . . . . . . . . . . . . . . . . . . . . . . . . . . . . . . . . 59

Maria . . . . . . . . . . . . . . . . . . . . . . . . . . . . . . . . . . . . . . . . . . . . 77

Arabela . . . . . . . . . . . . . . . . . . . . . . . . . . . . . . . . . . . . . . . . . 103

## Apresentação
# *O mundo por trás do véu do visível*

MIRELLA BOTARO

Mihail Sebastian foi um dos mais importantes romancistas e dramaturgos romenos do século xx. Intelectual afinado com as vanguardas europeias, com a música clássica e, em particular, com a literatura francesa, despontou precocemente — junto com outros autores como Emil Cioran, Mircea Eliade e o franco-romeno Eugène Ionesco.

Durante o auge de sua carreira, entre 1920 a 1930, a Romênia passou por um período de grande agitação política e cultural. Ao mesmo tempo que dialogava com outras potências europeias no campo da literatura, sobretudo a França, a juventude intelectual romena também apoiava a ascensão do fascismo — representado, à época, pela Guarda de Ferro (em romeno, *Garda de Fier*), organização que levou ao poder o ditador Ion Antonescu em 1940 e fomentou o *pogrom* de Bucareste no ano seguinte.

A despeito de sua notoriedade no meio artístico local, o jovem escritor judeu se viu pouco a pouco excluído do cânone literário, perseguido e ostracizado por um antissemitismo latente. Esse episódio foi detalhadamente relatado em seu *Diário*, escrito entre 1935 e 1944 mas publicado na Romênia somente em 1996, após o fim da censura imposta pelo regime comunista entre 1945 e 1989. Tendo sobrevivido a "tristes anos de humilhação e fracasso" sob o regime romeno pró-Hitler e à Segunda Guerra Mundial, conforme descreve em seu diário, Sebastian morre tragicamente em

1945, aos 38 anos, atropelado por um caminhão militar soviético. Professor recém-contratado à época, ele se dirigia à Universidade de Bucareste, onde daria sua primeira aula sobre Balzac.

Embora integrem sua obra globalmente, os acontecimentos históricos que permearam a trajetória do autor não são mencionados em *Mulheres*, seu romance de estreia[1] publicado em 1933 pela Editura Naţională S. Ciornei, de Bucareste. Tampouco é possível obter um retrato fiel da realidade na leitura do livro — da geografia ou da sociologia de uma Romênia profunda, tradicional e culturalmente marcada. Sebastian tem o cuidado de contornar espaços, temáticas ou categorias que remetam a uma origem ou uma identidade, o que não nos impede de identificar sutilezas narrativas sobre a época e a sociedade no olhar do escritor, que se mantém fortemente arraigado em uma cultura francófona.

## GALERIA DE RETRATOS FEMININOS

Não por acaso, a trama se desenvolve menos na Romênia do que na França, mais precisamente entre os Alpes e Paris: a *cidade-protótipo* de uma certa estética dos anos 1930 em que predominam, como herança da Belle Époque, uma efervescência intelectual e artística vivida em salas de teatros, cinemas e cabarés. Tendo morado na França entre 1929 e 1931, é provável que Sebastian tenha circulado nesse ambiente artístico e boêmio que será percorrido pelo personagem principal de *Mulheres*, Ştefan Valeriu. É lá, por exemplo, que ele conhece Arabela, intrigante dançarina de circo com quem passa a viver junto — mas como artista, deixando para trás sua carreira de médico. Ao final da relação, de volta à sua realidade em Bucareste, Ştefan exprime a falta que sente de Arabela e, com ela, da vida de liberdade representada por aquela Paris do entre guerras:

1. Mesmo sendo o primeiro romance do autor, é sua segunda publicação. A primeira foi uma novela, *Fragmentos de um diário encontrado* (1932). No Brasil, foi publicada pela Ayllon em 2020, vertida do romeno para o português por Fernando Klabin, também tradutor do volume que o leitor tem em mãos.

APRESENTAÇÃO

*Que tu sens bon*, dizia-lhe com sinceridade, quando queria dizer o quanto a amava e teria dificuldade em traduzir isso para o romeno.[2]

Cada capítulo do romance leva o nome de uma ou mais mulheres que passaram pela vida do protagonista. Ele retoma seus amores do passado, descreve e analisa meticulosamente a natureza de cada uma de suas amantes, além de seus próprios sentimentos. Assim, por trás da galeria de retratos femininos que se constitui ao longo do romance, é o próprio homem, Ştefan Valeriu, que se revela como objeto de análise ao leitor.

O ponto de vista é sempre o de Ştefan. E isso permite ao leitor o acesso direto ao modo de apreender e interpretar a realidade que o cerca, além de seus desejos e contradições íntimas. É a sua voz que ouvimos ecoar quando o narrador afirma, sobre uma de suas amantes:

após seu primeiro momento de amor, lá em cima, no quarto conjugal, numa manhã imprevista, Renée Rey se refugiara sem explicações numa pose perfeita de esposa virtuosa.

Comentário mordaz que nos dá a medida da distância entre Ştefan e a moral burguesa da época e nos remete, em certa medida, a uma certa *ironia machadiana* familiar aos destinatários brasileiros do romance.

### SEBASTIAN, MACHADO, PROUST

O diálogo franco e direto que Mihail Sebastian estabelece com um hipotético leitor também o aproxima de Machado de Assis, escritor que em toda a sua produção tampouco deixa de interpelar seu leitor, incluindo-o no jogo narrativo como se fosse um personagem. Assim o faz Ştefan, o herói de *Mulheres*, ao descrever e comentar, não sem sarcasmo, o encontro insólito entre Irimia, um compatriota radicado em Paris, e Emilie Vig-

2. Ver página 115.

non, mulher que "mesmo feia, [...] tinha por vezes um ar de resignação que [o] atraía":[3]

Pediria perdão ao leitor por estes detalhes desavergonhados, mas, para ser sincero, pouco me importa o leitor, e muito me importa Emilie Vignon. Conto a vida dela em primeiro lugar porque eu quero chegar a compreender alguma coisa da alma dessa moça, a quem no passado eu talvez não tenha dado a devida atenção.[4]

É possível entender esse diálogo com o leitor como uma estratégia do escritor de interpretar sua própria obra, uma vez que ele assume seu desejo pleno de dissecar a alma humana a partir da análise de gestos, palavras e ações. A propósito, são justamente as descrições pausadas e acuradas de situações corriqueiras que, realizadas com uma lucidez implacável, tornam as personagens (sobretudo as mulheres) tão interessantes, vivas e cheias de personalidade. É o caso de Maria que, ao assumir a voz narrativa em uma carta endereçada a Ștefan, depreende uma análise fina a respeito das relações humanas a partir da observação de uma simples refeição de seu amante Andrei:

Sempre gostei de olhar para ele enquanto comia, e creio que a avidez seja a única coisa profundamente boa nele (talvez seja uma besteira o que eu diga agora, mas acredito nisso e vou dizer do mesmo jeito), pois um homem ávido tem um quê de criança, alguma coisa que diminui a sua aspereza, a sua importância, o seu terror de macho. Se mulheres simples e burras lograram viver a vida toda ao lado de homens grandiosos, reis, generais, cientistas, talvez seja justamente porque comiam junto com eles à mesa, tendo assim acesso àquela imagem de crianças bicudas e esfomeadas, a única coisa que as protegia de suas majestades.[5]

O mesmo ocorre quando Ștefan se recorda de Irimia em seus tempos vividos no requintado liceu Lazăr, em Bucareste. Ao invocar uma certa Romênia rural, arraigada em tradições ancestrais, Irimia apresenta em sua rusticidade uma nobreza discreta e em-

3. Ver página 59.
4. Ver página 63.
5. Ver página 96.

APRESENTAÇÃO

baraçada, "como se pedisse perdão por um erro permanente".[6] Ao observá-lo junto ao tio, velho camponês de Bărăgan em visita a Bucareste, Ştefan aprecia a delicadeza de seus gestos rudimentares que, não obedecendo aos códigos da civilização, estariam na contramão de qualquer performance social:

Eu, que vivi num mundo de tradições falsas e leis falsas, tive a sensação de uma espécie de eternidade que o meu colega Irimia C. Irimia materializava ali, na rua, na minha frente, beijando a mão do parente velho.[7]

*Mulheres* é um romance carregado de sensibilidade. A atenção particular que Sebastian dispensa às minúcias da vida social revelam, de fato, uma vida interior agitada, mas que se esconde por trás das aparências e em ângulos mortos do cotidiano. Assim, atos triviais como comer ou cumprimentar alguém parecem atrelados a uma verdade profunda do sujeito, que o romancista é capaz de captar e realçar, ao menos momentaneamente. Como se, ao se ater às camadas externas de nossa socialização, outras camadas de interioridade se revelassem, transpassando o *véu do visível*, do prosaico, da vida cotidiana.

Não seria exagero afirmar que a intimidade dissecada o aproxima de uma certa *estética proustiana* em que predomina, precisamente, a busca incessante pelo íntimo do sujeito: suas fantasias, desejos, afetos. É conhecida e notória a admiração de Sebastian por Marcel Proust, que publica o último tomo de *Em busca do tempo perdido* em 1927, quando o escritor romeno tinha apenas 20 anos. Seu profundo conhecimento da obra do autor francês o leva a mergulhar na intimidade do próprio Proust, uma vez que Sebastian publica, em 1938, o primeiro ensaio a respeito de suas correspondências. "Há na presença de Proust junto aos outros uma intensa sede de intimidade, que se torna enfim irrealizável, mas que pelo menos é satisfeita por pequenos acordos momentâneos, passageiros, anestésicos", afirma o romancista romeno no referido ensaio.

6. Ver página 66.
7. Ver página 66.

## ALUSÕES, SUTILEZAS E NÃO-DITOS

*Mulheres* é um convite à interpretação das contradições do sentimento amoroso e, sobretudo, dos discursos que são elaborados a seu respeito. Mas o alcance poético do livro emana menos das histórias em si do que do modo como são narradas. Longe de ser propriamente frio, o dispositivo narrativo criado por Sebastian traduz um certo desencantamento dos personagens. Sobretudo de Ştefan, conquistador impenetrável, hermético aos sentimentos e ao *transbordamento amoroso*, mas que carrega uma dor íntima difícil de definir. Essa dor é sugerida por alusões, sutilezas e não-ditos que se sobrepõem à "preguiça" constantemente assumida tanto para si quanto para os outros:

jamais encontrei uma mulher — e algumas delas até mesmo amei — jamais, que me desse aquela sensação de volúpia calma que eu encontrava nos braços de Arabela, sorvendo-lhe o cheiro de carne jovem, distendida na preguiça e indiferença.[8]

Ao contrariar o ideal romântico e burguês do amor como uma experiência que *transborda e transcende*, Sebastian explora a falta, o vazio, as contradições, tensões e desencontros que caracterizam igualmente o sentimento amoroso e, mais amplamente, as relações humanas. Que sentido poderíamos dar à ruptura de Ştefan e Arabela, que de tão repentina é vivida como um ato absolutamente trivial, após anos de vida comum? Trata-se de uma incompreensão comum, universal de certa forma, a medida que se situa fora de um tempo, pertencendo, portanto, a todo o tempo, o que dá justamente a dimensão atemporal da escrita do autor romeno. Ao perscrutar a intimidade de seus personagens, seus jogos de sedução e segredos de alcova, Sebastian propõe um exercício similar a seu leitor, que se vê confrontado com seus desejos mais incômodos e inconfessáveis.

Romance escrito em uma língua delicada e sugestiva, de profunda maturidade, capaz de revolver nossas convicções e expe-

8. Ver página 115.

APRESENTAÇÃO

riências mais íntimas, *Mulheres* desloca pontos de vista a partir de um lugar ainda deveras longínquo e desconhecido do público brasileiro. Sua publicação no Brasil vem, portanto, em boa hora: é uma excelente oportunidade para estreitar os laços literários, hoje ainda relativamente parcos, entre o Brasil e a Romênia.

Mulheres

# Renée, Marthe, Odette

## I

AINDA não são oito horas. Ştefan Valeriu sabe disso pela posição do facho de sol, que chegou só até a beirada de baixo da espreguiçadeira. Sente como sobe pela barra de madeira, como envolve seus dedos, a mão, o braço descoberto, quente como um xale. Passará um tempo — cinco minutos, uma hora, uma eternidade — e, em torno das pálpebras cerradas, uma cintilação azul vai se instalar, com vagas listras prateadas. Então serão oito horas, e ele dirá para si mesmo, sem convicção, que precisa se levantar. Assim como ontem, assim como anteontem. Mas continuará sorrindo, pensando naquele relógio solar que construíra, desde o primeiro dia, com uma espreguiçadeira e um canto de terraço.

Sente o cabelo ardendo ao sol, áspero como fios de cânhamo, e considera que, no final das contas, não faz mal ter esquecido em Paris, no quarto da rue Lhomond, o frasco de loção tônica Hahn, seu único requinte, supremo, aliás. Gosta de passar os dedos pelo cabelo engruvinhado, do qual o pente, pela manhã, só logra desatar três rodamoinhos, cabelo esse que, agora, entre os dedos, ele sente pela aspereza quão loiro é.

Deve ser muito tarde. Puderam-se ouvir, há pouco, vozes pela alameda. Da direção do lago, alguém gritou, uma voz de mulher, talvez a inglesa de ontem, que nadava vigorosamente e o fitava, enquanto ele se admirava com toda aquela luta contra a água, ela que só conhecia nado livre.

Ştefan balançou a perna por cima da barra da cadeira e procurou na grama, do jeito que estava, sem meia, vestígios de umidade. Ele sabe que, mais para a esquerda, não muito longe, na direção da moita, tem um lugar em que o orvalho dura mais, até a hora do almoço.

Pois então. O corpo sonolento queimando ao sol, e essa sensação de frescor vegetal.

Segunda à noite, ao descer no salão da pousada, depois de — mal tendo chegado da estação ferroviária, após uma longa viagem — trocar de camisa, a sérvia tagarela da mesa dos fundos disse em voz alta, para todo o mundo ouvir:

— *Tiens, un nouveau jeune homme.*[9]

Ştefan se sentiu duplamente grato a ela. Tanto pelo *nouveau* como pelo *jeune homme*.

Tinha sido velho uma semana antes, ao sair do último exame de residência médica. Velho, mas não envelhecido. O cansaço das noites em claro, manhãs no hospital, longas tardes na biblioteca, duas horas de prova, numa sala escura diante de um professor surdo, com roupa grossa de inverno e um colarinho que parecia sujo...

Em seguida, o nome desse lago alpino, que encontrou ao acaso, numa livraria, num mapa, a passagem de trem comprada na primeira agência de viagem, as compras em lojas de departamento — um pulôver branco, uma calça cinza de flanela, uma camisa de verão —, a partida como uma fuga.

*Un nouveau jeune homme.*

◇

Não conhece ninguém. Lançam-lhe às vezes uma palavra ao acaso, mas ele responde evasivo. Ştefan tem medo de sua pronúncia insegura e se sentiria mal ao se trair já no primeiro dia: um estrangeiro. Após o almoço, passa apressado por entre as mesas, ausente, quase crispado. Os outros talvez o considerem rabugento. Mas ele é apenas preguiçoso.

9. Em tradução livre, "Olhe, um novo jovem". [N. E.]

Em cima, atrás do terraço, começa o bosque. Há ali uma pequena área de grama alta, espessa e elástica. Ele a esmaga toda tarde sob o peso de seu corpo adormecido, para reencontrar refeitos, no dia seguinte, cada um de seus fios. Estatelado no chão, fica de braços abertos, pernas esticadas, a cabeça mergulhada na grama, vencido por uma força contra a qual gostaria de lutar.

Um esquilo pula de uma aveleira para outra. Como será que se diz esquilo em francês?

Paira um silêncio imenso... Não. Não paira um silêncio imenso. Isso parece citação de livro. O que paira é uma imensa bagunça, uma imensa balbúrdia zoológica, grilos que se arrastam, gafanhotos que se agitam, escaravelhos que se chocam no ar, ferindo sonoramente os élitros e depois caindo com um barulho denso, de chumbo. Em meio a tudo isso, sua respiração, a de Ştefan Valeriu, é um mero detalhe, sinal irrisório de vida, irrisório e capital como o do esquilo que pula, ou o do gafanhoto que se detém na ponta da sua bota, achando ser uma pedra. É benfazejo saber-se aqui, um animal, uma criatura viva, um quadrúpede sem importância, que dorme e respira numa área de dois metros quadrados, debaixo de um sol que pertence a todos.

Se tivesse vontade de pensar, o que pensaria um grilo a respeito da eternidade? E se, por acaso, a eternidade tiver o gosto dessa tarde...

Lá embaixo se veem, no terraço da pousada, cadeiras, xales, vestidos brancos. Mais adiante, o lago azul, diáfano, idílico. Cartão postal.


## II

FAZ frio ao anoitecer, um anoitecer azul, repleto de sons tênues que chegam da cidade, por cima do lago, para além de onde se veem luzes elétricas, distantes. É quinta-feira, tem concerto militar no parque municipal.

Quase toda a pousada tomou o barco das 8h27 para assistir. Ştefan Valeriu ficou. Por todo o vale, que se desabre amplo diante do terraço, reina um azul profundo de madeira de ginjeira.

— Com licença, o senhor sabe jogar xadrez?

— Sim.

Por que respondeu "sim"? Teria sido tão simples responder "não" e, agora, estaria desacorrentado do lado de fora, passeando pelo terraço. Um "sim" apressado e ei-lo no saguão, diante do tabuleiro de xadrez, condenado a prestar atenção.

O parceiro é um homem alto, ossudo, escuro, maduro e feio. Joga devagar, calculado.

— O senhor não foi ao concerto?

— Não.

— Nem eu. Minha esposa fez questão de ir e deixei. Mas eu...

Ştefan perde uma torre, mas constrói, no canto esquerdo do tabuleiro, um ataque implacável contra o rei.

— O senhor é do Sul?

— Não. Sou romeno.

— Não pode ser! O senhor fala como um francês. Ou talvez eu não esteja acostumado com a pronúncia daqui. Pois eu também não sou da França. Sou tunisiano.

— Tunisiano?

— Sim. Quero dizer, francês da Tunísia. Possuo plantações lá. Meu nome é Marcel Rey.

O ataque de Ştefan fracassa e, diante da devastação do campo, ele abandona a partida. Nesse meio-tempo, retornam da cidade os que haviam ido ao concerto. Ouve-se o apito do barco no cais.

Saem no quintal para aguardá-los. Vozes muitas, animadas, exclamações, apertos de mão, cumprimentos ruidosos.

— Ah, Marcel, se você soubesse como foi bonito.

— Renée, olhe aqui um senhor que pode se tornar nosso amigo. Minha esposa.

É uma mulher alta, magra. Na escuridão, só se veem os olhos. Ştefan beija a mão dela. Uma mão miúda e fria, que nada diz.

Foram a um pequeno passeio em Lovagny, visitar um castelo, os três. Marcel Rey, a esposa e Ştefan. Tem também Nicolle, filha do casal Rey. Caminharam bastante, deram risada, tiraram fotografias. O senhor Rey tem uma pequena máquina de filmar, com a qual às vezes filma algumas cenas, que depois manda revelar em Paris.

— Renée, fique ali com o senhor Valeriu. Mais para lá, na luz. Isso, sorriam, conversem, mexam-se.

— Se é para fazermos uma cena de filme — sussurra Valeriu —, eu preferiria, minha senhora, uma de amor.

Disse isso ao acaso, leviano, para poder transformar facilmente numa piada, caso necessário.

Renée dá um sorriso casual e nada diz. Ştefan brinca com os cachos do cabelo de Nicolle. Senhor Rey filma.

◇

Fica sabendo da história toda deles. Nasceram ambos na Tunísia, de velhas famílias de colonos, numa pequena cidade. Ele viera uma vez à França, em 1917, para receber uma bala no ombro duas horas após ter entrado na trincheira, e ser reenviado para casa uma semana depois. Até então ela não havia ido além de Túnis. Casaram-se em 1920, tiveram uma filha — Nicolle — em 1921, compraram uma vinha em 1922, uma plantação um ano depois e, em seguida, duas a cada ano. Djedaida, a pequena localidade deles, fica a cinquenta quilômetros de Túnis. Vilarejo de europeus, rodeado por obscuras tribos locais que se concentram na periferia quando chega a seca, e passeiam pelas ruelas com olhares ameaçadores. Nesses períodos, o casal Rey dorme com uma espingarda do lado da cama. Todo sábado no fim da tarde, momento de pagar os trabalhadores das plantações, Renée fica junto ao telefone para pedir socorro de Túnis a tempo.

Ela conta tudo isso sossegada, sem empolgação, um pouco cansada, e Ştefan Valeriu precisa fazer três perguntas para conseguir obter uma resposta.

— Pode me passar aquele xale? Estou com frio.

Ele o joga por cima da espreguiçadeira e, ao tentar alcançá-lo, sua mão se demora casualmente sobre o joelho dela. Renée se sobressalta, assustada, e grita, sem sentido: "Nicolle, Nicolle!"

Ao anoitecer, Ştefan responde a uma carta recebida de Paris: "Nenhum conhecido. Só uma família de tunisianos; ele, bom enxadrista, ela, esposa virtuosa. O casamento parece funcionar".

◇

Partiu com um bote do cais da pousada, remou até longe, de onde se vê, simétrico, o desfiladeiro das montanhas, lançou a âncora e se deitou no fundo do barco, deixando os remos ao movimento das ondas.

Está com preguiça, uma preguiça simples, sem arrependimentos, tranquila como uma vasta ausência. Fecha os olhos. O sol o abrange por inteiro.

Um pouco antes, no saguão, reviu o jovem casal que chegara há pouco tempo à pousada e que ocupou o quartinho isolado no quintal, longe de todos. Lua de mel, provavelmente. Ela é admirável. Descera tímida, com vestígios de negligência no vestir-se, e Ştefan suspeitou, pelos olhos dela, que noite ardente devia ter passado. Poder-se-ia dizer que espalha por toda a casa um aroma de alcova, de almofadas quentes, sensuais, com um corpo de amante adormecida, com uma luz matutina difusa que surpreende o ato de amor.

— Insuportável! Contagioso! Vale uma reclamação!

Ştefan fala alto, sozinho. Responde-lhe um jato d'água que atinge o barco, o grito remoto de uma nadadora, o relógio da Saint François de Sales, na cidade, soa dez horas.

## III

No terraço, retraído num canto, um casal o intriga. Observou-os só hoje, mas talvez já estivessem ali há mais tempo. A mulher, ainda não velha, tem algo de glorioso em sua beleza. Trinta e cinco anos, talvez. Ou mais. Alta, calma, de traços bem definidos, com um sorriso que não é sorriso, mas uma grande descontração do rosto. O homem ao seu lado é um menino. Não deve passar dos vinte anos. Está sentado no chão, na grama, ao lado da poltrona da mulher, e fala rápido, vívido, com gestos miúdos. Ela faz que o escuta, e passa a mão pelo cabelo dele, acariciando-o.

Amante? Marido? Gigolô? Um pouco de cada, acha Ştefan Valeriu, que de repente descobre dentro de si um sentimento de inveja, ou talvez de humilhação, ele, animal jovem de vinte e quatro anos, vigoroso, aprazível e sozinho, que aguarda, sem saber de onde, uma paixão que não chega.

— Quer cantar, Nicolle?

— Quero.

◇

É muito tarde. Todos foram se deitar. Ştefan Valeriu está sozinho no terraço.

— O sono é melhor que as estrelas, meu jovem — disse-lhe, antes de ir se deitar, o senhor Vincent, marselhês gordo e jovial.

Não respondeu. Após o jantar, a mulher e seu jovem pajem desceram até o lago. Ainda não voltaram. Ştefan acompanhou com o olhar, por algum tempo, o passeio ao longo do cais: via-se bem o xale solto dela, esvoaçante, e o pulôver branco dele. Agora não se pode distinguir mais nada, mas eles vão voltar e a noite é uma criança.

◇

MULHERES

Um baque forte. Um barco se choca contra o seu. Ştefan Valeriu, surpreso, se ergue.

— Quem é?

— Eu.

É o jovem pajem. Dá uma risada confusa, aparentemente alegre com o encontro, mas se desculpando pelo acidente.

— Estava remando para trás e não percebi que seu barco estava no meio do caminho. Aliás, é meu primeiro passeio no lago. A água está boa?

— Está.

— Sabe nadar?

— Sei.

— Posso ancorar aqui também?

— Pode.

Ştefan se deita de novo no fundo do barco, rabugento assumido. O outro monta no barco dele e começa a brincar com os pés na água, espalhando gotas brancas ao sol.

Ştefan Valeriu assobia.

— Bolero?

— Sim.

Silencia de novo. O outro continua assobiando a canção iniciada por Ştefan.

Ao longe, lá em cima, no terraço da pousada, um vestido branco esvoaça ao sabor da brisa como uma flâmula.

— *Hallo, hallo…*

O jovem pajem gesticula, entusiasmado. Um braço lhe responde lá de cima, solene.

— Você dizia que sabe nadar — interrompe Ştefan o idílio que o enerva.

— Sim, sei.

— Então vamos competir. Até o último cais, ida e volta três vezes, sem parar. Quem ganhar manda o perdedor ir comprar cigarros na cidade. Esqueci os meus no quarto.

Ele precisa dessa vitória. Sente que é estúpido, infantil e mesquinho tudo aquilo, mas ao mesmo tempo sente a necessidade de humilhar o outro, de roubar um pouco de sua graça inconsciente. O jovem pajem concorda. Num instante, estão ambos alinhados sob o sol como duas espadas... Saltam.

Poderia deixá-lo passar à frente por algum tempo, poderia lhe dar a ilusão da vitória e, em seguida, com duas braçadas bem dadas, alcançá-lo e ultrapassá-lo. Mas não. Tem de ser uma derrota absoluta, clara, esmagadora, do início ao fim. Ştefan está muito mais à frente. O outro se desdobra. Ouve como arfa, como diminui o ritmo, como se vira de costas para respirar e descansar. Cinco metros à frente. Dez. Um milhão. Ganha. O adversário ficou completamente para trás. Ouve-se, da direção da pousada, o sino chamando para o almoço.

O jovem pajem enfim chega. Ştefan o ajuda a subir no barco. Está crispado.

— Chamaram para o almoço. Mamãe deve estar brava.

— Mamãe?

— Sim. Mamãe. Prometi a ela que voltaria a tempo.

— A senhora de branco?

— Sim.

— Por que não me disse que é sua mãe?

— Você não perguntou.

Não lhe dirige nem mais uma palavra. Não tem o que lhe dizer. Daria a ele um abraço se tivesse tempo. Rema rápido, ora com uma mão, ora com a outra, para ao mesmo tempo tirar a camiseta de nado, enxugar-se, vestir-se. Na orla, amarra desajeitadamente o barco no cais e ajuda o jovem pajem a amarrar o dele.

— Vamos!

Toma-o pela mão e sai correndo, sem olhar para trás. A ladeira até a pousada é íngreme, o sol da tarde bate forte. No entanto, terá de chegar o mais rápido possível lá em cima.

— Vamos parar um pouco.

— Não. Qual é o seu nome?

— Marc. Marc Bonneau.

No portão da pousada, o vestido branco de pouco antes está à espera. Ştefan o avista e se detém a dois passos dele, surpreso com a acolhida. Só agora percebe que deve estar descabelado, suado, com a gola mal abotoada, e se envergonha diante daquela mulher tão calma.

— Senhora, gostaria de lhe pedir perdão em nome do Marc. Ele se atrasou por minha causa.

— Que péssimo. Duas horas de castigo para os dois. Proibidos de beberem água durante a refeição. Mas veja como estão suados.

Pega o lenço do bolsinho da camisa e passa na testa dele.

— Está vendo?

◇

As noites são longas, monótonas. Senhor Rey, senhor Vincent e Marc Bonneau jogam buraco. Marthe Bonneau e Renée Rey conversam. Ștefan Valeriu, refugiado atrás da capa de um livro aberto, fuma.

— Senhor Valeriu, Nicolle foi se deitar faz tempo. Já está tarde para crianças. Seria bom que você seguisse o exemplo dela.

— Só mais um pouquinho, dona Bonneau, termino esse capítulo e já vou.

— Oh, essas crianças de hoje em dia...

Todo o mundo dá risada, exceto Ștefan, que parece absorvido pelo livro e arqueia a sobrancelha em sinal de atenção e ausência.

— Esse Seu Valeriu — diz o gordo senhor Vincent — não está bom da cabeça. Outro dia mesmo o flagrei no terraço conversando com as estrelas. Hoje de manhã não esteve no lago e, agora, vejam só, fica calado e nem se aborrece. Claríssimos sinais, meus senhores, claríssimos sinais...

— Mas deixe-o em paz, por favor, e chega de provocação. Não é que eu sou a sua protetora, Seu Valeriu?

— Sem dúvida, dona Bonneau.

Fita-a nos olhos, com um sorriso submisso, com uma inocência no olhar que dá asas à imaginação e espaço à liberdade interior.

Guardaria algum segredo aquela mulher tão bonita? Seus olhos grandes, bem desenhados, piscam pouco e enxergam bem. Nenhum instante de ausência, nenhuma sombra de melancolia. Vez ou outra, quando passa ao lado de Ştefan, pousa a mão sobre o ombro dele, gesto que repetirá um minuto mais tarde, com Marc. É tranquila, talvez por se sentir protegida: protegida por sua própria maturidade, pela presença do filho, por sua beleza solene e controlada.

— O senhor ainda vai segurar o Marc por muito tempo no jogo?

— Até terminarmos.

— Muito bem, então com quem é que eu vou dar meu passeio noturno?

— Com o jovem Valeriu.

— É mesmo? Deseja me acompanhar, Seu Valeriu?

— Se me permitirem ficar acordado até tarde, dona Bonneau...

— Tem razão. Vamos lhe dar uma dispensa especial esta noite. A senhora vem conosco, senhora Rey?

— Não. Tenho medo de que a essa hora tenha muita friagem perto do lago.

Os dois descem a alameda que liga o portão da pousada à beira do lago. Ficam bruscamente em silêncio tão logo atravessam a soleira do saguão para o quintal, surpreendidos pela vastidão da noite que, do lado de dentro, não imaginavam. Mal se veem, mas sabem que estão um ao lado do outro, pelo barulho das sandálias no cascalho. À medida que se aproximam do lago, a noite se torna menos compacta, como se iluminada por luzes interiores da água, luzes que vão do verde ao azul. Abaixo, na orla, ouve-se um rumorejo não se sabe bem de onde, do farfalhar do bosque, do marulhar das ondas na margem, calmo como um pulsar, do sono das plantas em derredor, do balanço de um barco desprendido do cais.

Senhora Bonneau se apoia em Ştefan Valeriu. Não é a mão que cede e se perde: pelo contrário, é uma mão firme, segura de si, desprovida de sensualidade.

— Dona Bonneau, queria lhe dizer que a senhora é muito bonita.

— E muito velha.

— Talvez. Mas sobretudo muito bonita.

Longo silêncio.

— E o que mais?

— Nada mais. É tudo.

De vez em quando passa um automóvel, lançando um cone violento de luz que atinge seu rosto, e desaparece em seguida na primeira esquina da avenida, deixando-a um pouco embaraçada, como se um desconhecido entrasse na sala no meio de uma conversa. Ştefan Valeriu percebe esse primeiro instante de constrangimento e o inscreve entre as suas vitórias.

◇

Marthe Bonneau está hospedada no térreo, na ponta do quintal. De seu quarto, no andar de cima, numa ala oblíqua do edifício, Ştefan consegue controlar a janela dela com facilidade, sem ser notado.

Viu-a há pouco, depois do almoço, despedindo-se do grupo de amigos no terraço e entrando na casa. Deteve-se na soleira e fez um gesto aos que ficaram do lado de fora, um gesto de cansaço, de sono. Em seguida, abriu a janela e fechou a persiana. Por um instante, seus braços cintilaram na janela, com sua luminosidade opaca.

Ştefan toma a decisão, antes de pensar melhor no que faz e no risco. Desce rápido a escada, em poucos passos atravessa o quintal, bate brevemente à porta e não espera resposta. Dirá o que lhe passar pela cabeça, não importa o quê.

— Marc não está aí?

— Você sabe muito bem que não tem como estar aqui. Está em Grenoble. Você mesmo não o acompanhou ontem à noite até a estação ferroviária?

— Então…

— Então fique, já que você quis vir e veio.

Está deitada num sofá perto da janela e segura um livro por abrir. Fala com ele como se a sua chegada não a surpreendesse.

— Aproxime-se e sente-se.

Ştefan leva a mão maquinalmente até a gola, como se quisesse endireitar o nó de uma gravata imaginária. É curioso como, tão logo se encontra diante dela, ele se lembra de um detalhe da roupa, inadequado ou negligente, que lhe parece humilhante em comparação com o aspecto sóbrio, com a simplicidade vigilante dela. Em especial uma mecha de cabelo que o irrita caindo sempre sobre a testa, e que ele não para de arranjar devidamente, com a sensação de que isso dota a sua presença com um ar de negligência que, contrastando terrivelmente com a beleza ordenada dela, deve incomodá-la.

— Te vi nadando antes do almoço. Estava com a Renée Rey às margens do lago e nos alegramos com o espetáculo. Você nada muito bem.

— Senhora, vim para conversar sobre algo completamente diferente.

Queria segurar a mão dela, num gesto súbito, para simplificar as coisas, mas a dúvida de não saber se deveria ou não agir o faz ficar sem palavras, hesitante. Ela o fita com o mesmo sorriso de proteção e, com a maior naturalidade, segura ela a mão dele, como se dissesse: "Está vendo, é tão simples, não precisa se torturar por uma ninharia dessas".

— Olhe, olhe, Renée Rey está passando. Senhora Rey, não vem nos fazer companhia? — E, em seguida, dirigindo-se a Ştefan: — Gosto dessa mulher. Assim como gosto do Marc, assim como gosto de você. Vocês três são jovens e isso é bonito de se ver quando se passa, como eu, para a outra metade da vida.

◇

Pediu-lhe que a acompanhasse, domingo de manhã, na igreja de um vilarejo vizinho, na qual haviam visto, noutra ocasião, de passagem, curiosos vitrais do século 18. Está de vestido preto, comprido, sem decote, e de chapéu de aba larga, sob a qual se revela a tranquilidade de sua expressão. Apoia-se numa coluna central, com Ştefan à sua direita e, à sua esquerda, Marc, ambos com roupas brancas de férias.

Ştefan Valeriu tem de repente — imaginando o grupo visto de longe — a sensação de servir como um simples detalhe decorativo a um cenário previamente montado. A igreja escolhida de propósito, as duas velhas ajoelhadas que os rodeiam, o vestido austero, as camisas de gola desabotoada, a sombra fria por debaixo da cúpula...

— *Maman, que tu es belle*[10] — sussurra Marc.

Pela primeira vez, Ştefan a fita com hostilidade, sem erguer o olhar diretamente para ela, por medo de perturbar a sua aparência, mas mantendo-a oblíqua em seu campo de visão, desde o seu retiro simulado. Como essa mulher deve ter calculado o lugar exato onde ficar, a coluna na qual se apoiaria ao acaso, a mão que ficaria coberta pela metade, pois o gesto de desabotoar a luva haveria de ser flagrado pelo som do órgão e esquecido no meio! Como deve ter sido premeditado esse movimento tênue da cabeça para trás, esse cansaço do lábio inferior, que não tem mais força para aguentar um sorriso, essa leve inquietação das narinas...

— *Maman, que tu es belle.*

Senhora Bonneau responde a Marc colocando a mão sobre o seu ombro. A outra, sobre o ombro de Ştefan. Pelo bem da simetria.

Por um instante, a ideia de se desprender do grupo o atiça. Sente um gosto aguçado de ultraje.

Desloca-se leve e imperceptivelmente para a direita, e a mão dela, desconcertada por um segundo, cai.

◇

É o terceiro dia de recuo estratégico de Ştefan Valeriu. Desde o incidente na igreja, só se encontrou com Marthe Bonneau junto com outras pessoas. A piada de cada noite não surtia mais efeito.

— Seu Valeriu, Nicolle já foi se deitar. Está tarde para crianças.

10. Em tradução livre, "Mamãe, como você é linda". [N. E.]

— Tem razão, senhora. Está tarde.

Ergueu-se, apagou o cigarro, fechou o livro e proferiu a todos um "boa noite" geral e cordial.

Vez ou outra, os olhos dela procuravam os dele. Ele a fitava sem querer e virava rápido a cabeça com aquele sobressalto de desculpa que nos invade quando, involuntariamente, pousamos o olhar na carta da pessoa ao lado.

Vez ou outra, ela o convidava para a acompanhar até a cidade ou num breve passeio pelas redondezas. Ştefan recusava respeitosamente, alegando razões perfeitamente plausíveis.

— Lamento, senhora, lamento. Prometi aos meus amigos de Aix (lembra-se? Meus amigos romenos com quem me encontrei sábado passado no lago?), prometi que iria vê-los. Se eu pudesse lhes telefonar, seria mais fácil. Mas telefone neste fim de mundo...

Faz tempo que Ştefan Valeriu conhece esse tipo de impertinência cordial. Está convencido de que, no final das contas, a pose firme da senhora Bonneau não vai resistir. Pequenos sinais de irritação parecem surgir: um vago sorriso ofendido, uma maneira brusca de colocar e tirar as luvas, uma indiferença forçada no falar.

Há pouco, logo depois do almoço, após se erguerem da mesa e irem para o quintal distribuídos em grupos ao acaso, a senhora Bonneau, com quem Renée Rey começara uma conversa que prometia ser longa, procurara-o com o olhar e tentou lhe fazer um gesto para que esperasse, pois tinha algo a lhe dizer. Mas ele, por estar justamente ocupado acendendo o cachimbo, considerou poder se permitir a não levar em consideração aquele gesto demasiado discreto. Distanciou-se e, com passos muito preguiçosos, pôs-se a subir rumo ao bosque, para seu lugar de costume. Senhora Bonneau o fitava em pânico, sem saber como explicitar melhor seu pedido para que ficasse, enquanto se via impossibilitada de falar por causa do discurso ardoroso da senhora Rey. Ştefan optou por ignorar tudo aquilo e ostentar sua mais inocente expressão.

Ele agora evoca, desde o seu esconderijo, aquela breve cena e degusta, com maldade, cada nuance. Dá uma risada sonora, sem modéstia: tinha vencido.

Finalmente, Marthe Bonneau fica sozinha e o procura com o olhar do outro lado da grade do terraço, parece avistá-lo e se dirige rumo ao bosque. Ştefan ouve seu vestido farfalhando entre as árvores. Deitado na grama, ele enfia bem os dedos na terra para ganhar autocontrole.

— Dona Bonneau, aposto que a senhora chegou até aqui por acaso.

— Se apostar, vai perder. Vim vê-lo.

Sua resposta é clara, precisa e inábil. A ironia de Ştefan Valeriu fica em suspenso, sem objeto, como a tensão de alguém que chega com chaves de sabedoria para abrir uma porta, mas a encontra aberta. A resposta dela — uma única resposta — subverteu de repente uma vitória de três dias, como um único movimento numa partida de xadrez.

— Posso me sentar ao seu lado?

Ele, todo estirado na grama, ela só pela metade, com a cabeça apoiada numa aveleira, dominando-o, portanto, só pelo fato de poder olhá-lo de cima para baixo — Ştefan sente também como essa diferença, talvez casual, talvez premeditada, revela, por um lado, sua posição vigilante e, por outro lado, a liberdade e a indiferença dele. E dá risada, sem saber se a capacidade dela de sempre encontrar a posição mais digna e segura é estratégia ou instinto. Estratégia ou instinto, não importa, uma vez que dessa força de autocontrole emana a sua clara beleza, ainda mais clara naquela tarde de sol.

— Não há dúvida, dona Bonneau, a senhora é muito bonita.

— Não, meu caro amigo. Apenas muito calma. É verdade que, às vezes, é a mesma coisa.

— Por exemplo agora.

— Não, não agora. Porque não estou nada calma: vou embora amanhã.

Ştefan pensa em falar, mas tem medo, pensa em se levantar, mas não se sente determinado. Fecha os olhos e aguarda.

— Vou embora amanhã e me pergunto se não estaria indo tarde demais. Um instante tarde demais.

— Isso significa?

Nenhuma resposta chega por um bom tempo e nenhuma sombra desce sobre o rosto dela, o qual Ştefan, perscrutando-o, imagina devastado por dores reprimidas. A mesma expressão definida, os mesmos traços simétricos iluminados por um sorriso vigilante.

— Isso significa?

— Isso significa que sua passagem pelo terraço de manhã, de camisa branca, com o pescoço descoberto, com seu nome estrangeiro que ninguém na pousada consegue pronunciar direito, com essa sua juventude decidida e confusa, com sua vida desconhecida, com os jornais estrangeiros que você recebe de lugares remotos, com as cartas que lhe chegam em envelopes com selos estranhos, com suas crispações rabugentas, com suas alegrias explosivas, com sua paixão pela leitura de livros e por rolar na grama, é uma imagem agradável.

Ştefan pega na sua mão para beijá-la, mas a encontra tão tranquila, tão admirada com seu aperto emocionado, tão segura de si, que, sem poder mais soltá-la, com medo de que o gesto seja demasiado brutal e, também, sem poder mantê-la presa na sua, ele sugere que parta.

— Está tarde, senhora. Nicolle ainda não foi se deitar, mas está tarde.

## IV

A cena da ferroviária foi banal, cena de despedida numa estação serrana ao término das férias, com repetidos apertos de mão, exclamações impacientes, promessas de cartas e de reencontros. Toda a pousada fora acompanhar Marthe Bonneau e todos faziam estardalhaço em torno dela, ela sozinha, calma, vagamente intimidada pela efusão alheia, como se um pouco embaraçada por não conseguir ser mais comunicativa como de costume. Fazia carinho em Nicolle e respondia com precisão a perguntas imprecisas.

Num canto da plataforma, Marc conversava entusiasmado com Renée Rey; Ştefan Valeriu, observando de passagem esse detalhe, se pergunta pela primeira vez se realmente não acontecera alguma coisa entre os dois, sem que ele, obcecado pelas próprias expectativas, percebesse. No entanto, o pensamento só o preocupa durante um segundo, ao acaso, e logo ele é de novo absorvido pela festa da plataforma, meio falsa, meio sincera. À partida do trem, esticando o braço para fora da janela, dona Bonneau grita em sua direção:

— Estamos te esperando em Paris. Espero que venha visitar o Marc.

O que poderia conter um significado secreto, dito especialmente para ele e compreendido só por ele, mas que poderia também ser apenas: "Espero que venha visitar o Marc".

"Ridículo!", conclui Ştefan um instante depois, já de volta, quando, no quintal da pousada, se sente muito solitário e suspenso diante de quatro semanas ainda por vir, que lhe parecem inúteis de antemão. E, com esse "ridículo", ele decide concluir um incidente amoroso que, agora, na ausência da mulher, lhe parece cansativo e distante.

Consulta o calendário, nota que só está na metade de agosto, procura no guia qual castelo nas redondezas ainda não foi visitado, acende o pito e sai para espairecer.

◇

À noite, após o jantar, Ştefan é acometido por um momento de angústia: trata-se, em boa medida, da raiva de se ver desocupado num momento em que, até o dia anterior, ele costumava passar na companhia de todos no saguão. Quem substituirá o Marc no buraco, quem substituirá a dona Bonneau nas conversas? As janelas do saguão estão abertas, ouvem-se vozes familiares do lado de dentro, vê-se a fumaça azul do tabaco contra o brilho das lâmpadas. O terraço parece maior do que antes, a noite, mais profunda, enquanto os reflexos do lago, de longe, têm algo de fixo, regulador. É bom, é muito bom ouvir o som dos próprios passos sobre a terra molhada, roçar as árvores em derredor, apoiar-se no parapeito do terraço, inclinado por sobre todo o vale, não esperar ninguém e não querer nada.

Alguém sai do mato e se aproxima dele em silêncio. É Renée Rey. Ouve ao lado a sua respiração quente, próxima do rosto.

— Por que está triste?

Por um instante, Ştefan pretende responder com sinceridade: "Não estou absolutamente triste". Mas, antes de falar, antes de pronunciar a primeira palavra, a resposta sofre uma reviravolta, quase que sem a sua permissão.

— Por que essa pergunta? Sabe muito bem por quê.

Os olhos dela cintilam intensamente.

— É verdade?!

E então ela cai em seus braços, à procura de sua boca, beijando ao acaso o que alcança, desajeitada, inabilidosa e sem experiência. Mas é invadida por um momento de suspeita.

— E a senhora Bonneau?

— Senhora Bonneau? Você não entendeu? Era uma brincadeira, precisava esconder, precisava confundir sua atenção, precisava reprimir minhas possíveis imprudências. Mas agora, já que você descobriu, vou embora...

— Não, não, não. Fique aqui, por mim, comigo. Ah, se você soubesse, se você soubesse...

E o beija de novo, tempestuosa e inabilmente, enquanto do saguão a voz do senhor Rey a chamava para ir dormir, pois já passava da meia-noite e a partida de buraco tinha terminado.

◇

De manhã, em geral um barulho de sino o desperta: são algumas vacas que sobem a montanha, uma trilha atrás da casa, debaixo de sua janela aberta. Por alguns instantes, permanece propositalmente de olhos fechados a fim de se demorar no calor do sono encerrado e adivinhar por entre os cílios o sol que inunda o quarto, desorientado pelo aroma das plantas e pelos raros chamados que se ouvem de fora.

Foi um sono impetuoso, triunfante e completo, sob o qual parecia ter a sensação de uma felicidade latente, a mesma sensação que um torrão de terra negra deve ter ao ser profundamente permeado por uma nascente.

Essa ária íntima da vitória o incomoda. Ştefan Valeriu não se reconhece autossuficiente. Ademais, a pequena cena de teatro da noite passada, que deveria no máximo diverti-lo, o encanta. Isso é ruim.

"Sou um imbecil!" Veste-se rápido, enfia as sandálias nos pés, passa duas vezes os dedos pelo cabelo e, com a camiseta de nado jogada sobre os ombros, desce a escada. No quintal, a manhã é mais brilhante do que imaginava: ao longe, o lago emite reflexos promissores.

— Senhor Valeriu!

O chamado vem de algum lugar de cima, e Ştefan tem que circundar a casa duas vezes com o olhar até descobrir, numa das janelas, Renée, que se escondera mal atrás da cortina.

— Bom dia, senhora Rey.

— Pode vir um instante até aqui em cima, buscar seu livro?

— Que livro?

— O livro que você me deu...

Ştefan sobe de novo a escada, dessa vez rumo ao quarto do casal Rey. A mulher o aguarda atrás da porta, trêmula, pálida e de camisola. Acabara de se levantar, é visível: a cama está desarrumada. Ştefan leva-a nos braços até a cama e a atira entre os travesseiros.

— E o senhor Rey?

— Está fora.

— Nicolle?

— Está fora.

— Como assim?

— Te amo. Se você soubesse... se você soubesse...

Na verdade, Renée não sabe amar. Seu primeiro enlace é de uma visível incompetência: nenhuma reticência nem demora no fato de ceder, mas inúmeras hesitações, que não têm a ver com pudor, mas decerto com sua inabilidade. No entanto, a brusquidão do acontecimento, as vozes que se ouvem do quintal lá embaixo, a cama bagunçada, a janela aberta, a hora inverossímil, tudo isso faz daquele momento amoroso algo curioso e ilógico.

◇

Renée Rey tem um corpo feio, mãos muito delicadas, delgadas e frágeis na articulação, pernas temerosas, face morena, lábios queimados por uma febre permanente e olhos ensombrecidos. Vestida, ela tem, apesar das roupas que lhe caem bem, um ar encabulado, de modo que elas parecem inadequadas e não lhe pertencer. Só ao anoitecer, quando esfria e joga nos ombros um xale bordado de seda, que a cobre por inteiro, ela recupera a graça vegetal que Ştefan nela percebera com indiferença, aliás, desde o primeiro momento. Nua, torna-se muito mais jovem do que é, os quadris se delineiam crus, impudicos graças às coxas compridas de adolescente.

— Renée, você é a mulher mais nua do mundo.

— Que besteira você está falando. Como pode uma mulher nua ser mais nua do que outra mulher nua.

— Pode ser. Mas talvez você não entenda. Porque estar nu não significa estar sem roupa. Há mulheres nuas e há mulheres sem roupa. Você é uma mulher nua.

Renée se crispa, cansada por causa dessa distinção que não compreende, e a crispação sublinha ainda mais os traços afilados de seu rosto.

— Tem algum tunisiano na sua família?

— Um de verdade?

— Sim.

— Nenhum. Mas por quê?

— Sei lá. Há algo não europeu em você. Não sei bem o quê: o cabelo áspero demais, o corpo delgado demais, a pele opaca demais e os lábios, esses lábios que ardem.

— Não. Não tem nenhum. Lá, todas nós somos assim. Talvez por causa do sol...

Ştefan gosta de grudar seu rosto à pele dela e passá-lo às vezes por todo o seu corpo ora ardente, nos momentos de paixão, ora frio, escorregadio e impermeável, como as folhas da palmeira de interior.

Nos instantes de tranquilidade, quando a solta de seus braços, cansada, de olhos fechados, Renée fica ao lado dele, ausente, disseminando ao seu redor uma espécie de grande sombra vegetal.

Mais tarde, em seguida, reagindo ao seu chamado, ela tem uma crise inexplicável de pudor, que a faz cobrir o rosto com as mãos, encolher desesperadamente as coxas morenas, fechar-se dentro de si e recusar-se de maneira teimosa, absurda e violenta, até o momento em que, por cansaço ou por capricho, se submete com uma alegria desavergonhada e pueril.

Após seu primeiro momento de amor, lá em cima, no quarto conjugal, numa manhã imprevista, Renée Rey se refugiara sem explicações numa pose perfeita de esposa virtuosa.

— Senhora Rey — sussurrou-lhe Ştefan à mesa, ao acaso —, encontrei um quarto no bairro antigo da cidade. Amanhã, às três horas, planejaremos um breve passeio pelo lago e nos perderemos casualmente do grupo. Vamos ver o quarto. Certo?

— Não.

Não teve tempo de lhe perguntar por quê, pois o marido justamente se aproximara. Mais tarde, ao lhe pedir explicações, ela falou, de maneira estúpida, sobre seus remorsos, sobre seus deveres... Coisa que não a impedira, na tarde do dia seguinte, enquanto todos tomavam café no quintal, de ir até o quarto dele, jogar-se aos seus braços, arrancar o vestido com gestos de pânico e o beijar atropeladamente, murmurando de vez em quando "que não apareça o Marcel", com voz apaixonada, como se fossem palavras de amor, e não de medo, perdendo-se nos seus braços com gritinhos arrepiados, ao mesmo tempo que se ouviam, através da porta entreaberta, passos no corredor.

Eles estão agora no quarto do bairro antigo, aonde Renée não quis ir mas foi, um cômodo de paredes brancas, mobília metálica, janelas abertas, decoração desprovida de mistério, em meio à qual a imagem do "marido ultrajado" seria tão ridícula que parece improvável. Só às vezes, quando evocam o marido, Renée cobre o rosto e diz, com uma entonação que não é dela:

— Oh, não mereço um homem como ele.

O que é, aliás, uma réplica adotada recentemente, ouvida decerto em algum espetáculo da Comédia Francesa, entre os vários que viu em Paris, na sua breve passagem por lá.

O fato foi percebido ou não? Sim e não. É possível, pois, se Renée foi imprudente e patética, Ştefan foi metódico e preguiçoso.

Mas é possível que uma jovem mulher se deite com um jovem homem, numa casa cheia de gente desocupada, sem que ninguém fique sabendo? Por enquanto, nenhum indício. Fala-se ainda às vezes sobre Marthe Bonneau, o que afasta outras suposições. Senhor Rey continua jogando bem xadrez e seus apertos de mão não parecem de nada suspeitar.

Só a Nicolle, do nada, certa vez irrompeu em prantos quando Ştefan lhe perguntou uma coisa, algo totalmente sem importância.

— Por que, Nicolle? Por quê?

Senhor Rey a castigou na hora, pois "ninguém deve fazer nada sem motivo na vida, nem mesmo chorar".

Que homem estranho, pensa Ştefan consigo mesmo, fitando-o enquanto prepara com imenso vagar os deslocamentos das peças de xadrez. De qualquer modo, muito mais estranho que a Renée, tão cansativa, desigual e apaixonada. Que mãos de lavrador. Que olhar de silvicultor. Que silêncio teimoso, monótono, sem entrelinhas, sem preocupação.

Houve um espetáculo de opereta certa noite na cidade, e todos decidiram ir juntos. Combinaram de manhã uma noitada: vestidos longos e trajes pretos. Ao se encontrarem no cais para esperar o barco, a aparição de Marcel Rey, entre vestidos de seda e *smokings*, foi constrangedora, envergando um fraque que desfigurava a sua silhueta de jovem, e um chapéu de plush grande demais, como se houvesse sido emprestado. Renée teve uma pequena crise de histeria dificilmente reprimida, e Ştefan sentiu vergonha de sua própria elegância, tão barata e tão triunfante.

O ombro direito do senhor Rey está mais inclinado que o outro.

— É impossível consertar esse mau hábito — queixa-se Renée.

— Por que consertar? Acostumei-me assim: nesse ombro eu carrego a espingarda.

— Espingarda! — admira-se, assustado, o senhor Vincent.

— Sim, ao alvorecer e à noite, quando patrulho a plantação em Djedaida.

Djedaida! Quantas vezes Ştefan Valeriu tentou imaginar a vida dura de lá, naquela família de antigos colonos, com avós que passaram pelas guerras da primeira colonização, com primas jovens, que muito tempo atrás fizeram uma viagem a Paris e desde então ficaram melancólicas, com noites de festa, quando se reúnem todos na casa dos velhos Rey para escutar discos no gramofone, com madrugadas de insônia no verão, à espera do vento escaldante que sopra do deserto e branqueia a copa das palmeiras com uma cinza fina e prateada ao luar...

— Oh, por que Marcel não quer que nos mudemos para Paris? Pense como seria ótimo. Eu poderia te visitar, poderíamos sair juntos, tomar chá no Berry, na Champs-Elysées...

— Você tinha razão, Renée, não tem nenhum tunisiano na sua família.

— Por que diz isso?

— Nada.

<br>

V

O DETTE Mignon tem dezoito anos, usa um barrete azul cobrindo obliquamente a nuca, um vestido esportivo apertado por um cinto de couro e, nos pés, sandálias brancas, sem meias.

Ştefan a conheceu uma noite, no terraço da pousada, quando, enquanto seus amigos brincavam em roda com um anel e um barbante, ela olhava noutra direção, observando como anoitecia por sobre o lago.

— Não quer brincar conosco?

— Mas é claro.

Entrou na roda e brincou com entusiasmo, cantando junto com todos quando era hora de cantar.

> *Il court, il court le furet*
> *Le furet des bois jolis...*[11]

O anel passava de mão em mão, escondido, e a pessoa do meio tinha que adivinhar quem é que estava com ele, o que obrigava os outros a passá-lo rápido de um para o outro, ou fingir passar. Renée Rey, posicionada ao lado de Ştefan, tinha a oportunidade justa de apertar a mão dele com força, o que o fez, algumas vezes, deixar-se apanhar para poder sair da roda e mais tarde se colocar ao lado de Odette, que brincava concentrada, com boa-fé e espírito esportivo, sem apertos de mão que não fossem estritamente necessários ao jogo.

◇

Chovera o dia todo e só ao anoitecer, durante o jantar, lá pelas sete horas, o céu se iluminou um pouco do lado direito do lago. Pelas janelas do salão se viam, ao longe, as montanhas cobertas por uma luz violeta, com labaredas crepusculares.

— Arco-íris! — gritou alguém e todo o mundo pulou da mesa, senhor Vincent com o guardanapo no pescoço, Renée frenética, as crianças espantadas, todos correndo até o terraço, de onde se podia avistar melhor a maravilha: um arco-íris imenso, coroando todo o vale e tingindo todo o lago de um azul angelical.

---

11. Em tradução livre, "Ele corre, ele corre, o furão; O furão dos bosques bonitos". [N. E.]

MULHERES

Só não deixaram seus lugares Ştefan Valeriu — que continuou comendo sossegado — e, no outro canto da sala, Odette Mignon, igualmente insensível.

— Não tem curiosidade de ver o arco-íris?

— Não.

— Mas deve ser muito bonito.

— Muito bonito; e um pouco trivial.

"Eu não teria encontrado essas palavras", pensa Ştefan, dirigindo à moça um gesto de aprovação, com a admiração desinteressada com que um atacante do futebol cumprimentaria seu companheiro de time por ter marcado um belo gol.

◇

Se lograsse fazê-lo sem ostentação, Ştefan não teria se sentado ao lado de Renée Rey. Mas foi inevitável.

É um ônibus de excursão, com bancos paralelos de três assentos cada. À direita de Ştefan, Renée; à esquerda, Odette. Senhor Rey está bem na frente, ao lado do motorista, com um guia na mão, dando informações geográfico-históricas em voz alta.

— Atenção, *le col de la Caussade*![12] Atenção, *pont du Query*! Altura de 1 816 metros. Não, desculpe, 1 716...

Por vezes manda parar, para tirar uma fotografia ou gravar alguns metros de filme. Como o sol ainda não nasceu e faz muito frio, estão todos cobertos com mantas, ocasião para Renée pegar na mão de Ştefan e apertá-la com emoção, enquanto, à sua esquerda, Odette agita as suas, soltas, vívidas naquele ar gelado das cinco da manhã, ora apontando para um álamo ao longe, ora para o pico de uma montanha, ou para uma rede de pescadores no lago. Ştefan se deprime profundamente, desmesuradamente, com essa mão cativa, e lhe parece que, se tivesse coragem de liberá-la do aperto, ficaria subitamente feliz. Sente o braço dela pesado, mole, ainda sonolento, com uma sensação de alcova que lhe parece obscena naquele início de manhã que vibra de luz e som.

12. Em tradução livre, "a passagem de Caussade". [N. E.]

— Você não me ama mais.

— Oh, sim, sim. — E se não soubesse que seria inútil, explicaria a ela que agora se trata de outra coisa e que ela está confundindo de maneira estúpida coisas diferentes, muito alheias umas das outras.

Pela hora do almoço, param num mosteiro nas montanhas perto de Grenoble — uma cartuxa — e fazem uma visita obrigatória às celas, à biblioteca e à capela, conduzidos por um guia, que informa objetivamente: aqui jazeu São Bruno por três anos seguidos, ali temos um vitral do século XIII, aqui pernoitou o papa quando atravessou as montanhas rumo a Avignon...

Renée parece muito interessada nas explicações e fica sempre para trás do grupo, pendurada no braço de Ştefan, a quem pede esclarecimentos suplementares para, em seguida, escondida atrás de uma porta ou na curva de um corredor, roubar-lhe um beijo.

Numa das celas, Ştefan a flagra tateando o estrado de madeira da cama e então imagina, maldoso, que, naquele momento, ela deveria estar pensando no quão incômodo seria fazer amor ali.

Mal tendo chegado a Grenoble, ele consegue se separar do grupo, feliz com aquela liberdade inesperada de passear sozinho pelas ruas de uma cidade desconhecida, onde ninguém o conhece e onde não conhece ninguém. Ao passar pelas vitrines das lojas, vira a cabeça para observar seu reflexo na vidraça, e aquela silhueta esguia lhe parece a de um amigo resgatado.

Fica numa livraria folheando revistas e livros novos, todos publicados naqueles dois meses em que desaparecera do mundo, pedindo avidamente inúmeras informações ao livreiro, espantado com aquele freguês, que nada compra e tudo quer saber.

Quase não nota Odette Mignon, que aparece também por lá após fazer umas compras, surpresa por encontrá-lo.

— Se quiser me fazer feliz, deixe-me escolher um livro para você. E deixe-me oferecê-lo a você. Olhe, esse aqui, por exemplo.

Ao lhe estender o livro, ele tem a sensação de que aquele gesto de oferecer algo consegue apagar, de repente, a lembrança daquela manhã constrangedora, resgatando-a.

MULHERES

◇

Senhor Rey pendurou na parede da sala de jantar um cartaz manuscrito em letras grandes: "Hoje à noite, um único e grandioso espetáculo de cinematógrafo, no terraço da pousada. Na programação, curtas-metragens absolutamente inéditos".

De fato, chegaram-lhe de Paris filmes que ele havia mandado revelar — todas as excursões, todos os longos passeios no lago, algumas tardes no terraço… Uma infinidade de cenas que haviam esquecido e que consideravam definitivamente parte do passado, mas que continuam existindo naquele baú de madeira entregue pelo carteiro.

Estão todos ansiosos, como antes de uma estreia e, até o anoitecer, passam o tempo com conversas irritadas, impacientes.

— Você vai ver como será bonito! Que ao menos seja nítido. Você se lembra do chá no passadiço, quando passeamos pelo lago todo? Estou louco para ver como saiu. Você vai ver que bonito, você vai ver.

Os outros visitantes da pousada, que não fazem parte do seu grupo, também se deixam contaminar pela impaciência geral, pois estão todos convidados para o espetáculo, uma espécie de estreia de gala da região.

Antes de escurecer, senhor Rey fixa a tela e prepara o aparelho de projeção, enquanto Renée, a anfitriã, indica os lugares a todos, mantendo Ştefan do seu lado, depois de colocar Odette casualmente sentada no canto oposto, junto com o senhor Vincent e Nicolle.

Os primeiros metros de filme são recebidos com aclamação, cada um se reconhecendo na tela e se cumprimentando — as madames, com gritinhos de entusiasmo (*Ah! Nossa! Olha! Não! Isso não!*), os homens, com um sorriso de vaidade leviana ou — o senhor Vincent, por exemplo — com uma gargalhada bombástica, como se dissesse, a cada nova aparição na tela: "Ah, mas essa é muito boa".

Ştefan mal se reconhece na imagem projetada na tela, irreal, quase impossível, pois lhe parece anormal que, enquanto ele está ali, no jardim, imóvel na cadeira branca de vime, alguém que é também ele caminha e dá risada, livre, mais livre do que ele mesmo, para sempre fora de seu próprio controle.

Eis a Marthe Bonneau, num barco, eis o Marc correndo por uma alameda sabe-se lá atrás de quem, eis de novo a Marthe grandiosa, cinematográfica, eternamente bela...

A cena muda de novo: o passeio até Lovagy ("Lembra-se, Ştefan, fazia dois dias que havíamos nos conhecido").

Mas por que na tela Renée o segura sempre pelo braço? Por que agora se apoia no ombro dele? O que é esse ar de ternura, do qual não se lembra? Não. É impossível. Não foi assim. Não podia ter sido assim. Eram desconhecidos. Ele falava com ela respeitosamente. Ela lhe respondia com frieza. Tudo se torna irreconhecível na tela; tudo é de outra maneira, mais animado, mais caloroso, mais íntimo.

Quanto mais avançam os filmes — outras cenas, outros passeios —, mais atrevidos se tornam os gestos da mulher na tela, o ar deles, dos dois, mais cúmplice, e todas aquelas imagens velozes, sem terem nada de flagrante, mantêm um tom exagerado de intimidade. Há um quê de adultério em todas as imagens e nem mesmo se pode dizer o que exatamente. Talvez o olhar desvirtuado de Renée, talvez a ausência contínua do marido, que não aparece em nenhum momento do filme, sempre ocupado com a filmagem.

Ştefan tem a impressão de que se ri menos em torno dele, ou talvez mais alto, de todo modo é um riso significativo, embaraçado, como se todo o mundo houvesse entendido.

— Marcel, vamos terminar. Podemos continuar amanhã à noite. Já é tarde.

— Mas por que, Renée querida? Só são onze horas e todos estão se divertindo. Não é mesmo, senhoras e senhores? Ademais, não projetei nem metade ainda. Olhe essa cena, por exemplo. Você se lembra, no bairro antigo, quando fiquei para trás para comprar selos...

— Marcel, por favor...

— ... e você continuou com o senhor Valeriu. Olhe ali, fotografei vocês até virarem a esquina.

Ele sabe? Caso sim, por que está tão calmo? Caso não, por que insiste em explicar cada passagem e dar explicações constrangedoras que ninguém pediu?

Ştefan Valeriu não entende mais nada. Tem medo de erguer o olhar e, às vezes, ao sentir um par de olhos dirigido a ele, sobressalta-se, desconcertado. Só o olhar de Odette Mignon chega até ele, como sempre, cristalino e sem rodeios. Ela pelo menos de nada suspeitará.

◇

Como as coisas se simplificam quando, pela manhã, no lago, Ştefan se estica no fundo do barco à deriva, com remos soltos! Como se distanciam e despencam intranquilos lá de cima, da pousada, dramas insignificantes e heroínas cansativas!

Só Odette Mignon, companheira de nado e remo, nua, bronzeada e boa camarada como um novo Marc Bonneau, interrompe, na proa, o círculo azul que Ştefan admira entre os montes à esquerda e à direita.

— Faz tempo que a senhora Rey é sua amante?

— Amante?

— Sim. Quero dizer, faz tempo que vocês se deitam juntos?

A precisão da pergunta não permite mais nenhuma resposta. Odette, aliás, nem parece aguardar.

— Ah, a esse respeito, os filmes documentários do senhor Rey foram verdadeiros documentários. Adorei. Se você não tivesse fechado tanto a cara ontem à noite, poderíamos ter tido uma excelente conversa sobre cada detalhe.

— Creia-me, foram minutos realmente desconfortáveis.

— Eu sei. Quero dizer, suponho, pois pessoalmente eu não podia fazer nada além de me divertir. Acho que você exagerou e ainda está exagerando. Ninguém percebeu.

— Você acha?

— Tenho certeza. Na tela só apareceram nuances: nenhum fato. Nenhum beijo, por exemplo, ou qualquer outra coisa do gênero, incontestável. E nenhum dos nossos amigos lá de cima é capaz de inferir algo a partir de uma nuance. São gente comum, acostumada a olhar para arco-íris...

— Mas e o senhor Rey?

— Mistério. Ele me intriga tanto que, se eu soubesse que poderia me dar uma resposta, iria agora mesmo, assim como você está me vendo, de maiô de banho, molhada e descabelada, iria lhe perguntar. É uma pessoa cruel ou um cretino.

— Quantos anos você tem, Odette?

— Você já me perguntou. Dezoito.

— Você é muito inteligente e sabe de muitas coisas.

— Sou virgem. Isso me ajuda a ser inteligente. Além disso, vivi muito tempo sozinha. Meus pais se divorciaram quando eu tinha doze anos. Mamãe continua jovem. Papai é rico e ambicioso. Tanto ela quanto ele continuaram amando e tentando, cada um do seu lado. Ambos me fizeram confidências como a uma amiga. Assim como se podiam fazer a uma menina que cresceu rápido e que não os incomodava em nada. Aprendi com eles tudo o que sei: acho que, às vezes, consegui lhes dar, em troca, bons conselhos. Para o papai, quando precisava de uma gravata nova, no início de uma relação amorosa; para a mamãe, quando a vida lhe parecia terminada, por causa de um cretino que a abandonou.

— Você é um garoto, Odette.

— Como quiser...

— Um garoto de jaqueta azul, saia branca, tamancos, cabelo loiro, punhos estreitos e olheiras. Me dê sua mão e me deixe sacudi-la com um aperto entre homens. Se você fosse um pouco mais feia, eu te daria um par de galochas, te ensinaria a fumar cachimbo e iríamos juntos para as montanhas, dormiríamos à noite nos refúgios alpinos, cada um numa cama dura de madeira, longe do amor, dos desmaios e das complicações psicológicas.

Renée Rey está doente. As persianas das janelas dela permaneceram fechadas o dia todo. Faltou ao almoço, e o senhor Rey, soturno, desceu só com a Nicolle, e almoçou com apetite.

— É um carrasco — disse alguém, uma madame da pousada.

"É uma pessoa simples", pensou consigo Odette.

Ao entardecer, chegou o médico, que Renée não quis receber, mas que o marido introduziu de maneira autoritária.

— Preciso saber o que ela tem.

"Não tem nada", foi a resposta do médico ao partir, e isso quase enfureceu o senhor Rey, que caminhava pelo quintal, sombrio, a passos largos.

— Mas se ela não tem nada, você não precisa se aborrecer — ponderou Odette, com inocência.

— Não tem nada, mas está pálida, não tem nada, mas não come, não tem nada, mas desmaia. Para uma esposa de fazendeiro, é uma doença demasiado sutil, senhorita. Lá, nós estamos sãos ou prostrados, estamos de pé ou caídos. Quando estamos bem, estamos muito bem; quando estamos doentes, estamos muito doentes.

Logo após a partida do médico, enquanto Odette ouvia, no terraço, as explicações do senhor Rey, uma empregada foi atrás de Ştefan Valeriu.

— A senhora Rey pede que o senhor suba sem falta.

Encontrou-a nua, jogada de atravessado sobre a cama matrimonial, muito pálida, mas com os olhos cintilantes de febre. A luz do crepúsculo, filtrada pelas cortinas pesadas que tapavam por completo as janelas, aumentava seu palor e atirava grandes manchas de sombra sobre os travesseiros.

— Você está doente?

— Não, eu te amo.

— Querida Renée, aprecio, mas isso é hora de me dizer? Agora, quando o seu marido, alarmado, pode chegar aqui em cima a qualquer momento? Quando a pousada toda não desprega os olhos das tuas janelas de paciente?

— Você nunca vai entender nada. Põe a mão em mim e veja como estou pegando fogo. Me dê um beijo e veja o quanto te esperei. Meu marido... toda a gente... fique aqui.

Seu corpo adotara uma inclinação clamorosa, parecendo revelar sua mais obscura intimidade, sua mais surda raiz de vida. Tinha a impressão de que, caso se aproximasse dela, sentiria seus lábios queimados, não as coxas luzidias de árabe, mas a aorta pulsando de demasiado sangue, as veias abertas para o receber, o coração como uma ferida.

Hesita por uma fração de segundo e, no tumulto que o arrasta na direção da mulher, ergue-se dentro dele, como um grito, a ideia de que, naquele momento, algo definitivo se decide, o que o faz se virar repentinamente e abrir a porta, batendo-a atrás de si e correndo pela escada, liberto.

◇

Na hora do jantar, Odette encontrou na sala, em cima da mesa dela, um telegrama. Abriu-o e o leu sem pressa.

— É do papai. Vai passar aqui depois de amanhã, cedinho, com um automóvel, para me pegar. Vamos para Antibes.

— Você o esperava?

— Não. Mas ele sempre faz essas surpresas e sabe que eu gosto.

◇

Odette está lá em cima, no quarto dela, para onde subiu logo depois do jantar, a fim de escrever algumas cartas e arrumar as coisas.

— Quero ficar livre amanhã o dia todo, e é melhor que eu prepare tudo hoje para a partida. Papai não gosta de esperar. Boa noite.

— Boa noite. Ainda fico por aqui. Mas, se você quiser, mais tarde, quando for me deitar, bato na sua porta para mais um dedo de prosa.

— Encantada.

Faz tempo que Ştefan não fica sozinho, à noite, no terraço. Talvez desde a partida de Marthe Bonneau, quando nada dessa história de amor acontecera.

"Como deve ter sido bom naquela altura", tenta lembrar enquanto olha, no escuro, para a brasa do cachimbo, acendendo e apagando, como um coração que bate.

Ficaria feliz em poder esquecer tudo o que acontecera desde então, e limitar sua memória àquela noite aconchegante e ao ponto de queima do cachimbo.

Que pena não estar chovendo. Ficaria assim, com a gola desabotoada, cabeça descoberta, mangas arregaçadas, ficaria na chuva, apoiado num tronco de árvore, e deixaria os filetes d'água passarem pelo cabelo, pela testa, pelas faces, até se sentir, junto com a vegetação ao seu redor, parte da noite da terra, da sua completa insensibilidade, para sempre livre de escrúpulos e remorsos, livre da obsessão das janelas surdamente iluminadas, lá em cima, onde aquela mulher patética arde num amor excessivo.

No entanto, não chove, não há de chover e a noite é insuportavelmente bela, com esse lago teatral, a lua cheia, as estrelas refletidas na água, as montanhas prateadas.

"Nunca chove na hora certa", observa Ştefan, contrariado, e vai dormir, contente, de qualquer forma, com a perspectiva de se demorar uns quinze minutos no quarto de Odette, para baterem um papo trivial.

À primeira batida na porta, no entanto, ninguém responde.

— Odette!

Embora a luz esteja acesa e possa se ouvir claramente a sua respiração, abafada, do outro lado da porta.

— Que brincadeira é essa, Odette? Por que não responde?

— Ah, é você? Boa noite.

— Boa noite. Vim para batermos um papo.

— Oh, já é tarde. Desculpe, estou com sono.

— Sem problema nenhum, mas abra a porta para eu apertar sua mão.

Ştefan aguarda por alguns segundos, sem saber se aquilo tudo o diverte ou o irrita.

— Ouça, Odette. Estou falando muito sério agora: se houver algo que te impede de me ver, me diga que eu vou embora. Mas se não tem nada, abra um momento. Quero apenas te desejar boa-noite e ir para a cama, eu também estou cansado.

— Não tem nada, absolutamente nada, mas não posso abrir a porta.

— Por quê?

— Porque sim.

— Já vou avisando que não vou sair daqui enquanto você não me der uma explicação plausível ou abrir a porta.

Embora a moça não responda mais, Ştefan parece vê-la do outro lado da porta, chateada, com punhos cerrados e lábio inferior caído, sorriso amuado que ela assume sempre que se sente desarmada numa discussão.

— Fique sabendo que estou esperando. Olhe, acendi o cachimbo, escorei-me na parede, pus as mãos no bolso e estou esperando. Até a uma, até as duas, até de manhãzinha.

Odette apagou a luz. Provavelmente foi se deitar e, da cama, mantém os ouvidos atentos para descobrir se ele foi embora ou não. Às vezes, com voz baixa, suplicante, batalhando contra o sono, murmura:

— Ştefan, vá dormir. Ştefan, está tarde. Ştefan, você vai ficar cansado amanhã...

É a vez dele de não responder, crispado e rabugento, decidido a não sair dali, embora saiba muito bem que, aquela noite, a porta não haveria de se abrir.

◇

Ştefan Valeriu saiu ao raiar do sol e só voltou à noite, depois do jantar. Foi passear por algumas aldeias vizinhas, fumou muito e conversou circunspecto, com os camponeses que encontrou, sobre a colheita e o tempo.

"Talvez não seja bonito me esquivar", pensou várias vezes no caminho, mas as janelas misteriosamente fechadas de Renée Rey incentivavam, de longe, a sua fuga.

— É melhor, é muito melhor assim.

No que diz respeito a essa Odette, talvez não fosse má ideia puxá-la pelas orelhas e lhe dizer que a piada da noite passada tinha sido uma travessura de criança encrenqueira, da qual ele não gostara nada.

De volta à pousada, sentiu-se satisfeito ao ver a sala de refeições vazia e que todos haviam ido dormir, pois já era tarde. Luz baixa na janela do casal Rey, escuridão na de Odette Mignon.

— Melhor assim.

No entanto, deveria lhe desejar boa viagem. Amanhã, antes do alvorecer, ela haveria de partir e com certeza não a veria nunca mais.

— Era simpática às vezes...

Ao subir para o quarto, dá risada, percebendo que, com aquele "era", ele encerrava o episódio com a moça bonita, um pouco tantã e de olheiras.

Sente-se cansado como um estivador e, a cada degrau, parece se aproximar de uma felicidade sem igual: descalçar as botas, esticar os braços desnudos, desabar sobre o lençol frio da cama.

Seis passos ainda, dois, nenhum. Apanha a maçaneta da porta com todo o peso do corpo, aperta, abre, entra — tudo com a volúpia lenta de um errante que chega ao destino — e gira o botão da luz.

— Boa noite, Odette.

Por que não se sobressaltou? O lógico, o natural, o necessário seria sobressaltar-se. Pelo menos isso: um sobressalto. Encontra-a, àquela hora, no quarto dele, na cama dele, nua, calma, familiar e, naquilo que deveria ser uma estupefação imensa, naquilo que deveria ser uma explosão ruidosa, ele só consegue lhe dizer isso:

— Boa noite, Odette.

— Boa noite, Ştefan.

Aproxima-se dela, beija-a em ambas as faces, acaricia seus joelhos roliços e, em seguida, tira das costas a mochila de excursão.

— Sabe, estou bastante cansado. Caminhei muitíssimo hoje. Faz tempo que está me esperando?

— Sim. Umas duas horas.

— E não se entediou?

— Não. Apaguei a luz, tirei a roupa e deitei na cama. É bonita a paisagem daqui, com o bosque.

Ele continua tirando a roupa, sem pressa, imperturbável.

— Novidades na pousada?

— Nada. Nem hoje a senhora Rey desceu, e o senhor Rey perguntou por você. Ao anoitecer, despedi-me de todos e fui fechar as malas. Só deixei o vestido de viagem para fora e veja só, você acabou de sentar em cima dele.

— Perdão. Apago a luz?

Deteve-se nu, em frente à cama, tranquilo, sem emoção, sem pudor, cúmplice do corpo dela, como se o conhecesse há tempos.

— Sim, apague.

Eles se enlaçam em silêncio, ela se perdendo toda nos braços dele, ele a cobrindo dos tornozelos à cabeça, feliz por aquele corpo robusto e delicado não estremecer e não se apressar. Sente os seus seios calmos, escuta as batidas ritmadas do seu coração, ouve sua respiração sossegada. As coxas da moça se abrem como asas, dóceis, mas com um quê de decisão no movimento.

É um corpo obediente e atento, que acompanha o seu com confiança, respondendo preciso às suas intenções, como ao toque das teclas de um piano. Na escuridão, eles não se procuram, não se perdem, não se falam: tudo é harmonioso como dois caules que crescem juntos.

E o grito de Odette, um único grito, de dor, de triunfo, de liberdade, não assusta nem a si mesma, nem a ele, puro que é, alto, aguçado, saindo pela janela aberta rumo ao bosque, perdendo-se por entre as árvores para despertar um esquilo ou se encontrar flutuante com o grito remoto de um gato selvagem, igualmente livre.

— Está chorando, Odette?

Não, não está. Ela só está mais quente, e seu corpo ferido se inclina mais sobre o dele, firme, decidida, mas com os ombros um pouco mais pesados e os braços derrotados sobre o travesseiro.

— Está com sono, Odette?

Não, não está. Nunca esteve mais desperta, nunca esteve menos atordoada, nunca percebeu melhor o que acontece ao seu redor. Olhe, essa é a sua mão, esse é o meu joelho, essa é a sua boca áspera, essa aqui é a minha orelha, que você beija sem me dar arrepios, essa é a sua omoplata larga demais, esse aqui é o meu pulso e logo ali, veja, é o alvorecer que se insinua...

Em breve, da direção de Serrier, vai-se ouvir o rumor de um automóvel que se aproxima. Deverá partir, respondendo à buzina lá de baixo, da rua, que a chamará.

Por que não chora, por que não lhe pede que a segure ali, por que não se agarra mais febril, por que permanece indiferente ao lado dele e por que o ama como se fosse por uma eternidade, e não só por um instante?

◇

Odette Mignon está na soleira, com o mesmo vestido branco, a mesma jaqueta azul do dia em que chegou, pronta para partir, de mala na mão.

— Cuide-se, Ştefan.

Detém-se na soleira.

— Odette.

— Sim.

— Agora me diga: por que você não abriu a porta ontem à noite? Ela reflete um pouco.

— Não sei, Ştefan, juro que não sei.

## VI

C HEGOU bonito o mês de setembro, com luzes cansadas. No lago, rarearam os botes, guardaram as velas, os barcos brancos passam com menos frequência. Um cartaz avisa no cais que o barco das 8h27 da noite foi suprimido.

A cada dia, a persiana cobre novas janelas da pousada: as pessoas estão indo embora.

Amanhã de manhã, essa janela, que hoje sorri ao sol, com cortinas brancas esvoaçantes, ainda se abrirá? E a do seu lado? E a de cima dela?

Fecham-se uma após outra, como luzes que se apagam.

Já faz alguns dias que Renée Rey passou a descer do quarto e caminhar após a refeição, por volta das duas horas, ao sol, sozinha ou com o senhor Rey, de braços dados, calados. Por vezes para e faz carinho no cachorro da casa, um pastor, imenso e peludo. Está muito mais pálida, parece mais alta e, quando olha para alguém, dá um sorriso de convalescente.

Trocou algumas palavras banais com Ştefan Valeriu, não com mais tristeza do que com outras pessoas.

— É tão agradável aqui fora e era tão angustiante lá em cima. Estou com saudade do sol do nosso país.

Dizem que vão embora em um ou dois dias. Escreveram para Marselha para perguntar sobre o tempo, Renée tendo necessidade de uma travessia sossegada.

Ao entardecer, ela fica no terraço, espichada na espregui-çadeira, enquanto o senhor Rey e Ştefan jogam xadrez. Como nos primeiros dias.

Quando a noite se instala, veem-se ao longe, bem para além do lago, as luzes da estação ferroviária e, lá pela meia-noite, o trem que vai para Paris, como uma serpente articulada e fosforescente.

Detêm-se no meio da partida e o acompanham com o olhar, à distância.

— Levamos uma vida dura — diz o senhor Rey, do nada. — Não me arrependo, e não a trocaria por outra. Mas é dura. Te-

MULHERES

nho certeza de que os olhos de Renée se enchem de lágrimas ao
fitar, como nós, a passagem desse trem, no qual ela não haverá
mais de embarcar, quem sabe, pelos próximos anos. Nunca
mais, talvez. Eu não me assusto com isso, mas, está vendo, há
algo dentro de mim, uma espécie de aflição que me deixa pen-
sativo. Vai passar, eu sei. Vai passar no caso dela também. O
trabalho recobre tudo isso. O sol, a lavoura, o deserto, o vento
noturno, os árabes... Mas deve-se compreender como as coisas são diferentes aqui, como elas nos seduzem e como uma
mulher, em especial, não consegue resistir a elas...

Esquece a partida e fala com calma, com a marca entre seus
olhos mais profunda. Em seguida, ergue-se de repente.

— Vou subir para fazer as malas. Vamos embora amanhã.
Fique com a Renée até eu voltar.

Ştefan se dirige até o terraço, onde se vê, opaco na escuridão,
o xale da senhora Rey.

— O senhor Rey subiu e me pediu para lhe fazer companhia. Posso?

— Claro.

— Parece que vocês vão embora amanhã.

— Não sabia, mas é melhor assim.

Ele se senta na grama e permanece calado por um bom tempo,
ouvindo a respiração da mulher ao lado. Avista um vagalume,
apanha-o, mantém-no na palma para observar como o pobre
verme apaga a lâmpada da cabeça, mas ela pede que lhe dê o
vagalume e o coloca no cabelo. No escuro, aquele ponto de fogo
parece um pente mágico, que lança em derredor uma luz tênue,
suficiente para coroar sua cabeça com uma linha branca.

Tudo parece plenamente apaziguado, no momento em que
Renée irrompe em lágrimas, um choro bom e amistoso, que
ele incentiva acariciando as mãos dela e recebendo-o sem hostilidade, como a uma chuva.

— Você ainda vai ficar muito tempo, Ştefan?

— Não sei ao certo. Estou esperando notícias de casa. Talvez
ainda uma semana. Talvez mais.

— Meu choro não te incomoda?

— Por que, Renée? É noite. Ninguém está te vendo. E, finalmente, alguém precisava chorar por todos nós.

◇

Os dias passam infrutíferos, sem novos acontecimentos, deixando para trás uma impressão de casa desabitada, sem mobília, com aposentos que ecoam passos de transeunte solitário.

A luz da manhã é crua como clara de ovo, a luz do anoitecer é quente como o globo de porcelana dos lampiões a gás.

Chegou de Marselha uma fotografia da família Rey, enviada na véspera do embarque, com saudações cordiais. Ştefan colocou-a na moldura do espelho e pensou em deixá-la ali ao partir.

Veio também uma carta para Odette Mignon, e a proprietária a deu a ele, por não saber para qual endereço encaminhar. Nem ele sabe. É estranho que Odette não lhe tenha dito nada a esse respeito, e mais estranho ainda é que ele não tenha perguntado.

No quarto dela, encontraram umas coisas deixadas para trás, um bordado, um livro, uma echarpe, três ou quatro fotografias amadoras. Nelas, pode-se ver uma Odette atrapalhada, com a saia agitada ao vento, o barrete azul torto na cabeça, os braços atirados ao ar, tentando alcançar sabe-se lá que bola imaginária.

"Passou como uma moça com quem se encontra por acaso no bonde", diz Ştefan para si mesmo, fitando, pela janela, o lago deserto, atravessado por um barco a vela que singra apressado, como um pássaro alarmado. Junto ao cais veem-se algumas gaivotas, voando baixo, atingindo com o peito o espelho d'água e em seguida se alçando, desorientadas.

Ouvem-se na escada os passos arrastados de Aneta, a empregada coxa que, antes do anoitecer, verifica todos os quartos.

— Madame Bernard mandou perguntar se o senhor quer que acenda o fogo. Esfriou, e ela disse que à noite vai chover.

# Emilie

## I

POR que Emilie Vignon manteve a virgindade até a noite em que conheceu Irimia C. Irimia, não sei dizer. Preguiça ou falta de imaginação.

Tudo tinha como impedir essa castidade tardia. O exemplo das amigas, os costumes liberais do bairro, sua vida miserável e sem alegrias. Quando a conheci, era uma moça de vinte anos, encorpada, robusta, de olhar apagado e face nodosa. Perguntava-me às vezes como ela teria sido antes, na infância, e, a despeito de todo o esforço, não conseguia imaginar.

Era, na verdade, um animal manso e, mesmo feia como era, tinha por vezes um ar de resignação que me atraía. Ainda hoje, depois de tanto tempo, só consigo pensar nela com a sensação de uma amizade triste, e a ideia de escrever a história dela me consola um pouco de tê-la perdido. É uma sensação que ela não poderia compreender. Seus olhinhos piscariam e, sentindo porém se tratar de algo que lhe diz respeito, daria um sorriso — aquele seu sorriso de sempre, desfigurado e ausente.

Lembro-me da noite em que a conheci. Era janeiro, num período em que eu tentava cicatrizar alguns segredos melancólicos que trouxera, uns três meses antes, de umas férias passadas na montanha, às margens de um lago nos Alpes, para onde tinha ido no verão para descansar dos extenuantes exames de residência médica, e de onde tornara com a lembrança, nem mesmo hoje plenamente curada, de uma moça loira que me amou sem motivos e que desapareceu sem explicação. Tentava me recuperar e retomar minhas relativas conquistas de jovem rapaz, esperando, naquele dia de janeiro, Mado, moça graciosa com quem conversara fazia pouco tempo numa estação de metrô, e que ainda hesitava em receber o meu amor. (Mais tarde, descobri que, no bairro dela, toda relação séria pressupunha três encontros prévios. É uma lei de bom comportamento que devi respeitar). Chovia naquele domingo, e procuramos em vão um lugar onde ficar. Nenhuma mesa livre no *bal musette*,[13] nenhum ingresso sobrando no cinematógrafo. Caminhávamos frustrados na chuva, detendo-nos vez ou outra debaixo de raras marquises para nos refugiar, eu, enfastiado com aquela aventura demasiado virtuosa, ela, Mado, tremendo de frio no meu braço. Finalmente, desesperada naquela busca inútil, e ante a chuva que aumentava, a moça se decidiu:

— Vamos na Emilie.

Logo entendi que sua virtude cedera e não pedi explicações.

Foi então que entrei pela primeira vez no quarto de Emilie Vignon. Ficava na mansarda de uma casa suja e torta, nas redondezas da Porte de Saint-Ouen, curvada por sobre os trilhos da ferrovia. Lá de cima, podia-se ouvir, a intervalos regulares, o trem suburbano e, se a janela estivesse aberta, vinha da rua todo aquele barulho surdo de periferia. Não olhei bem para a dona da casa. Sei apenas que, ao entrarmos, num canto, no meio da escuridão, erguera-se uma sombra de mulher em cujos ombros Mado bateu amistosamente e que depois se esgueirou pela porta, calada.

Aqui não é o lugar adequado e nem seria interessante falar sobre a Mado. Basta dizer que era uma amiga dedicada e carinhosa. Naquele dia, ela precisava se vingar das duas horas de caminhada pela chuva, e se vingou, nua e ardente.

Só depois de saciar seus primeiros arroubos amorosos é que observei, horrorizado, que a sombra da mulher, que achava que tinha saído do quarto, continuava ali, num canto, numa cadeirinha na escuridão. Como não suporto esse tipo de safadeza,

---

13. *Bal musette* é um tipo de baile popular francês, que se tornou comum depois do final do século XIX. São geralmente associados a composições musicais que incluem o acordeão. [N. E.]

estive prestes a discutir duramente com a moça ao meu lado, que esticava seu corpo nu, de potro domesticado, mas ela, compreendendo a minha crispação, me disse, despreocupada:

— Ah, não é nada. É a Emilie.

Pronunciou essas palavras com uma indiferença sem fim, como se me houvesse dito que era um gato, uma cadeira ou uma mesa. Por outro lado, a sombra da mulher no canto não dava nenhum sinal de vida, de modo que eu, embora a ideia de me deitar com uma mulher na frente de outra seja intolerável, não prestei mais atenção nela e respondi devidamente aos elãs de minha jovem namorada.

Desde então, encontrei várias vezes essa Emilie Vignon. Mado a mandava vir até mim com os mais diversos favores, e a pobre moça tinha que percorrer quilômetros inteiros para me trazer um bilhetinho de amor. Vejo-a ainda no salão do hospital Trousseau, onde realizava meu estágio de residente, com aquele seu chapéu de veludo embranquecido, com aquele seu casaco comprido desbotado, revolvendo entre os dedos o envelope, sem saber como o estender até mim. Cada movimento que deveria fazer era um suplício, e acho que jamais vou esquecer o momento embaraçoso que passei com ela na sala de plantão, para onde a chamara para comermos juntos, imaginando que lhe faria prazer. Não sabia o que fazer com as mãos, como escondê-las, e sofria profundamente em sua inquietação aparente.

Creio que sua vida fora envenenada por aquelas duas mãos, que ela carregava com a sensação instintiva de sua inutilidade. Pareciam alheias ao corpo, feitas de madeira, demasiado pesadas. Do ponto de vista do observador, tinha a impressão de que aquelas mãos estavam sempre tensas e arqueadas. Uma corveia permanente, e me pergunto se, no fim, Emilie não teria morrido de cansaço, caso — conforme veremos — um acidente não a houvesse matado um pouco antes.

Sempre que Emilie se enrolava, ou ficava triste, ou furiosa, estendia as mãos ao longo do vestido, como se as tentasse esconder ou apoiar em algo. Costumava pensar que, se as roupas de Emilie tivessem bolsos, sua vida poderia ter sido muito mais simples.

Havia na sua rigidez algo doloroso, que não me deixava dar risada. A única inflexão de seu corpo se devia a um passo disforme. Emilie não era propriamente coxa: quero dizer, não era doente. No entanto, costumava apoiar o corpo mais na perna esquerda do que na outra, hábito do trabalho. Ela trabalhava no subsolo de uma grande loja, no departamento de embrulho, e toda a sua atividade consistia em acionar, por meio de um mecanismo de pedal, o barbante da embalagem. Fazia alguns anos que realizava esse trabalho diariamente, oito horas por dia, e a perna esquerda acabou absorvendo o ritmo regular do pedal. Não tinha mais como desaprender.

Mas não vou mais lhes dar outros detalhes do aspecto de Emilie. Já lhes disse que era feia, e isso basta. Pois, de qualquer modo, vocês não têm como compreender quanta delicadeza fazia parte de sua feiura. Sentia apreço por ela, e suas amigas, que a torturavam com toda espécie de favores bárbaros, jamais haverão de esquecer o seu olhar obediente.

Tinha a discrição de uma toupeira. Esgueirava-se e sumia calada sempre que se sentia a mais, não falava, não perguntava. Quando a levávamos conosco para os bailes do bairro, ela ficava sozinha, vigiando nossos casacos. E quando uma de suas amigas precisava de uma acompanhante para uma expedição amorosa, Emilie sempre ia e assistia às mais exatas cenas de volúpia. Não sei dizer se as amigas faziam de propósito essa safadeza, para a exasperar. Não sei dizer se ela, Emilie, sofria ou não diante do espetáculo. Só sei que permanecia ali, indiferente, observando com um olhar imóvel o que acontecia, calma, impassível.

Como é que Emilie Vignon, levando uma tal vida, ainda mantinha sua inútil virgindade, é difícil de entender. Pudor, Emilie não tinha. Convenções sociais não a impediam, pois, em seu universo, ser virgem com mais de quinze anos de idade era sinal de decadência.

EMILIE

Creio que o amor fosse para ela uma dificuldade mais física do que moral. Se eu não temesse uma expressão equívoca, diria que o amor se tornava, no seu caso, uma questão de equilíbrio. Aquilo que deve ter lhe parecido impossível no amor deve ter sido a mudança do eixo de rotação. Ser um animal vertical e de repente passar para uma posição horizontal — eis o que deve ter torturado seus sonhos sensuais, se é que os teve. Creio que o mistério do amor, para ela, se concentrava por completo nessa queda, que a vida, em sua inteireza, se alicerçava nesse fato, o que ultrapassava as suas forças.

Pediria perdão ao leitor por esses detalhes desavergonhados, mas, para ser sincero, pouco me importa o leitor, e muito me importa Emilie Vignon. Conto a vida dela em primeiro lugar porque eu quero chegar a compreender alguma coisa da alma dessa moça, a quem no passado eu talvez não tenha dado a devida atenção.

Digo, portanto, que só essa rigidez corpórea impedia que Emilie fosse uma boa amante. Quem sabe que amor simples poderia ter aquecido seus olhos cinzentos. Mas como amar alguém com um corpo daqueles, que parecia talhado num bloco de pedra, inarticulado, inflexível? Penso nas coxas compridas de Mado, penso nos revoluteios de seu corpo miúdo, à noite, quando estremecia nos meus braços, e tento imaginar a mesma cena com Emilie. Não, não. A imagem me parece grotesca. Se cada um de nós nascesse de acordo com a nossa vocação e natureza, Emilie Vignon deveria ser uma perna de mesa mal esculpida. Seria a única coisa que ela poderia fazer bem e facilmente na vida.

Vai saber. Talvez tivesse ela uma determinada anatomia e, a seu modo, uma graça que eu não consegui enxergar. Havia conexões secretas no seu corpo. Quando erguia um ombro, tinha de inclinar um joelho. Como se cada movimento rompesse um equilíbrio, que precisava ser restabelecido por meio de um movimento complementar. Emilie não conseguia mover um dedo independentemente dos outros quatro: articulando-se com o pulso, a palma toda se erguia. Um colega residente, que a vira algumas vezes no pátio do hospital, quando Emilie vinha me procurar, a mando de Mado, uma vez me disse, em tom de brincadeira:

— Que curioso! Essa moça parece se mexer graças a uma série de luxações.

A observação foi exata. Após cada gesto executado por Emilie, eu sempre esperava ouvir o estalo de um osso quebrado.

Espero que estes detalhes todos, contados desta maneira, não criem dela uma imagem repugnante. Seria uma pena. Havia, no seu ser, algo bem-comportado, comedido, um ar de objeto doméstico que, embora não sirva para mais nada, não jogamos fora por termos nos acostumado com ele e porque, de certo modo, o apreciamos. Gostava de Emilie assim como era e, mesmo se jamais lhe disse isso, tenho a impressão de que ela entendeu e que vai guardar certa gratidão por mim. Fora talvez uma das poucas alegrias daquela existência que, aos vinte anos de idade, não esperava mais nada, de direção alguma. Parecia fadada a passar inalterada, até a morte, e com certeza assim teria sido se o acaso não a houvesse feito encontrar Irimia c. Irimia.

## II

Não posso dizer que fiquei feliz naquele 14 de julho, quando ele me interpelou na ponte Saint-Michel. Estava folheando uma pilha de revistas antigas num sebo às margens do rio, e esse é um dos poucos prazeres que não divido com ninguém.

— Ei, Valerie!… — Embora nos conhecêssemos fazia tanto tempo, nunca foi capaz de pronunciar corretamente o meu nome, Ştefan Valeriu sendo para ele um nome estranho, ao passo que "Valerie" lhe soava mais familiar e campestre.

Irimia se implantou na minha frente e, pelo silêncio, compreendi que não sairia sozinho dali.

— Como é que vai, Irimia?

— Pois é, dando uma olhada.

EMILIE

De fato, estava dando uma olhada. Olhava para a água fluindo por debaixo da ponte, sem mesmo piscar aqueles seus olhos grandes.

Levei-o comigo para passearmos à beira-rio. Contou-me, com aquela sua voz áspera, que concluíra em junho a licença em Direito em Bucareste, e que pensava em cursar o doutorado em Paris, para o que obtivera uma bolsa e chegara havia uma semana. Até o outono, com o início das aulas, queria aprender francês.

— Porque agora, sabe, não dá. Não dá, mesmo.

Falava com dificuldade, com fragmentos de frases inacabadas, cada pensamento expresso até o fim era uma vitória. Lembrei-me do sofrimento dele na escola, quando era obrigado a repetir a lição diante do professor de história: parecia arrancar, com um martelo, cada palavra de uma coluna de pedra que, aliás, na cabeça dele, deveria ser clara e íntegra.

Pobre Irimia! Que ironia do acaso o levara, camponês de Ialomiţa, àquela classe de garotos requintados do liceu Lazăr?[14] Que cálculo equivocado o afastara de seu destino de lavrador nato e o levara para amargar entre coisas que não compreendia? Fomos colegas desde o primeiro ano de liceu, de modo que tive tempo de o conhecer: alto e corpulento como era, de ombros imensos, pernas enormes, mal cabia na carteira. Vez ou outra, após repetir a seu modo a lição aprendida com tanto esforço no dia anterior, o professor, enfastiado, o mandava de volta para o seu lugar: "Irimia C. Irimia vá para o seu lugar". Eu então imaginava que, um dia, Irimia talvez se dirigisse quietinho para o cabide, pegasse com calma o seu casaco do pino e declarasse, com aquela sua voz branda de sempre, que aquele não era o seu lugar.

Mas não. Ele não fazia parte da raça dos revoltados. Voltava quieto para a carteira, pousava as mãos no peito e permanecia em silêncio, olhando e ouvindo. Sua estatura de gigante rígido era descabida naquele lugar estreito. Tinha a impressão de que, na submissão de Irimia, havia uma melancolia de animal domado, que atura e esquece, mas que mantém em algum lugar, nas do-

14. Nome do mais prestigioso liceu de Bucareste. [N. T.]

MULHERES

bras mais profundas da alma, o prazer de outra vida, a vocação de outro horizonte. Talvez me enganasse. Mas não podia compreender de outra maneira o sorriso cândido daquele rapagão, sorriso embaraçado, como se pedisse perdão por um erro permanente.

Guardo duas recordações precisas de Irimia, que não se relacionam entre si, mas cujos detalhes acabaram ficando na minha mente.

Estava no pátio do liceu. No portão, um velho camponês de sobretudo, carregando uma trouxa, olhava pela grade, sem se atrever a entrar. Perguntei-lhe quem procurava.

— Bem, o filho da minha irmã.

— Como é que ele se chama?

— Bem, se chama Irimia.

Fui atrás do Irimia c. Irimia, embora devesse haver outros garotos no liceu com o mesmo nome. Algo, porém, me dizia que o velho do portão estava procurando o meu colega. Talvez por causa dos mesmos olhos azuis, um pouco assustados. De fato, era ele. Aproximou-se do portão, sem pressa, sem surpresa, tirou o boné da cabeça (gesto atávico com que seus ancestrais devem ter tirado o gorro séculos a fio) e se inclinou para beijar a mão do velho, uma mão escura, ossuda e descarnada. Não dei risada. Na mesura do gigante, arqueado por sobre o velhote à sua frente, havia algo de estremecedor. Eu, que vivi num mundo de tradições falsas e leis falsas, tive a sensação de uma espécie de eternidade que o meu colega Irimia c. Irimia materializava ali, na rua, na minha frente, beijando a mão do parente velho.

A segunda recordação que guardo do Irimia é completamente insignificante, e até me pergunto se preciso contá-la. Foi também no liceu, durante uma aula de literatura francesa. O professor lhe ordenou que lesse em voz alta uma passagem de Racine. É curioso como — embora se trate de uma ninharia — até hoje não esqueci o fragmento exato a ser lido. Era a quarta cena do primeiro ato de *Andrômaca*.

*Songez-y bien; il faut désormais que mon coeur*

*S'il n'aime avec transport, haïsse avec fureur.*[15]

Difícil dizer em que se transformavam aqueles versos nos lábios de Irimia. Uma espécie de búlgaro esmagado entre os dentes, um dialeto sem vogais, triturado, moído, socado entre dois pedaços de sílex. A classe toda se divertiu, eu mesmo também caçoei dele. Sossegado, ostentando a testa estreita, as faces ásperas, um pouco proeminentes, os maxilares firmes de carnívoro, com as mãos imensas aferradas à lombada do livro, Irimia c. Irimia continuou lendo Jean Racine.

Um colega de carteira, com quem pessoalmente antipatizo, embora nesse meio-tempo tenha se tornado famoso escrevendo folhetins semanais num grande jornal reacionário, garoto capaz e intelectual (reconheço tudo isso para que não achem que eu sinta por ele qualquer tipo de inveja, eu que não atingi a mesma fama e nem sou literato), um colega de carteira, portanto, naquela altura, sussurrou-me ao ouvido, olhando para o Irimia:

— É um primitivo.

Não. Irimia era apenas um camponês do Bărăgan.[16] Ali, junto a nós, recitando versos franceses, parecia ridículo. Mas imaginei-o num entardecer de julho, às sete horas, após uma longa jornada de trabalho, retornando ao vilarejo, descalço, ao lado do trigal, à luz do crepúsculo, e pensei comigo mesmo que nenhum de nós, absolutamente nenhum, nunca teve, por um único instante de nossa vida de garotos inteligentes, pelo menos uma migalha daquela grandeza simples do Irimia.

Sou insensível ao que se denomina "clamor da terra"[17] e zombo desse tipo de literatura. Mas gosto de ver um animal robusto que viceja no seu próprio ambiente. E às vezes me

15. Conforme tradução de Jenny Klabin Segall (São Paulo: Martins, 1963): "Para o meu coração a alternativa é uma; Se não arder de amor, que de ódio se consuma." [N. T.]

16. Extensa planície, muito fértil, entre Bucareste e o Mar Negro. [N. T.]

17. Provável menção à corrente ideológica e literária romena do Sămănătorism, em voga na primeira década do século 20, que se manifestou por um especial interesse pela realidade camponesa. [N. T.]

MULHERES

acontece de sofrer quando vejo, no circo, um cachorro enfeitado com laços e guizos, erguido em duas patas, sabendo que o seu destino seria o de enfrentar lobos no alto de uma montanha, diante de estrelas brancas e de Deus.

Por isso, acho, comportei-me simpaticamente com Irimia e, se algumas vezes acabei dando risada dele, foi por preguiça ou covardia: era difícil não fazer como todos os outros. De modo que nutri por ele uma amizade franca e sincera.

### III

N o entanto, naquele 14 de julho, ele me entediava. Anoitecia belamente, os barcos brancos que desciam da direção de Vincennes agitavam suas bandeirinhas ao longo de todo o Sena, Notre-Dame se tornava azul à minha esquerda, esfumaçando-se no crepúsculo. Ele concluíra a história, eu não tinha mais perguntas para fazer, ambos estávamos calados e ele continuava caminhando, detendo-se quando eu me detinha, retomando o passo quando eu retomava. Queria me perder sozinho naquele universo de festa, correr ao meu bel-prazer, parar quando quisesse. Impossível. As galochas do Irimia ressoavam do meu lado.

Comecei a ficar preocupado. Às dez da noite, eu tinha encontro marcado com Mado no Quartier Latin, e não via modo de me desvencilhar do Irimia. Digo-o não para me justificar, mas para esclarecer com exatidão o papel involuntário que desempenhei na desgraça que se seguiria: fiz todo o possível para o afastar. Gosto de piadas, mas mentem os meus amigos que alegaram ser uma farsa por mim montada e premeditada a união entre Irimia C. Irimia e Emilie Vignon. Talvez eu tenha culpa em outras coisas, que vou admitir no momento adequado. No entanto, com relação ao resto, tenho a consciência tranquila: não fui eu que levei o Irimia ao café d'Harcourt, ele é que não me largava e acabou me acompanhando até ali, contra a minha vontade. Aliás, nem sabia que Emilie devia vir também aquela noite. Encontrei-a num canto da mesa e mal falei com ela, pois Mado logo se atirou ao meu

EMILIE

pescoço, beijando-me com todo o ardor de uma amante. Fazia alguns dias que não nos víamos e o seu amor suportava férias muito mal. Ademais, era 14 de julho[18] e Mado era republicana convicta. Pendurou-se, portanto, no meu braço e me arrastou para a rua, onde as pessoas dançavam, para festejarmos juntos a Queda da Bastilha. Festejamos. Éramos vários colegas, cada um com a respectiva namorada, e fizemos uma farra maluca, dançando no meio da rua, beijando-nos e atirando serpentinas. Claro que, vez ou outra, retornava até a nossa mesa, na calçada, para beber ou fumar, mas, envolvido que estava na festa, não percebi nada.

Só mais tarde alguém me chamou a atenção.

— *Oh! Regarde les amoureux!*[19]

Embora não tenha ganas de fazer piada, ainda mais agora que sei que triste fim teve toda aquela história, escapa-me o riso sempre que recordo a imagem do casal na calçada, entre luzes e serpentinas. Emilie e Irimia! Estavam sentados um ao lado do outro, rígidos, sérios, um pouco confusos, um pouco ausentes, às vezes se fitando nos olhos, longa e fixamente. Permaneciam calados. Não nutriam decerto nenhum sentimento de ternura, mas o fato de, no meio de toda aquela gente, só os dois — imóveis, calados — permanecerem à mesa os unia, ao menos a nosso ver.

Confesso que, instintivamente, tenho um certo gosto pela crueldade. Talvez não chegue à tortura, mas, quando participo de uma festa, gosto de encontrar um brinquedo, um alvo acessório para certas maldades. É vulgar, eu sei. Mas é assim. Naquela noite, nem precisava inventar o alvo: ele mesmo se oferecia. Aliás, não fiz nada além de assistir, divertindo-me, a uma brincadeira que os outros — em especial Mado — teriam feito também na minha ausência: consideravam Emilie uma amante e Irimia, um namorado. Passavam a mão nos dois, lançavam alusões desavergonhadas, elogiavam a beleza de Emilie, admiravam a força de Irimia. Mas eis que, embora um

18. Festa nacional da França. [N. T.]
19. Em tradução livre, "Oh! Veja os apaixonados!". [N. E.]

pouco perplexos, eles se mantinham sérios, o que aumentava o ridículo da situação, pois realmente assumiam um certo ar de noivos. Ademais, ele não compreendia nada do que falavam, girando a cabeça com um olhar suplicante, constrangido, cuja lembrança me faz mal até hoje. As coisas teriam parado por aí e eu teria esquecido tudo rápido no turbilhão dos festejos se, de repente, depois da meia-noite, não houvesse caído a chuva. Foi uma verdadeira tempestade de verão. Rápida e brusca. Num só instante, a pracinha da Sorbonne ficou deserta, com mesas caídas e copos partidos na pressa. Fragmentos de serpentina esvoaçavam molhados, como folhas de outono. Fugimos cada um para um lado e por pouco não tive tempo de pegar Mado e levá-la comigo correndo para casa, que nem ficava longe. Esqueci-me de Irimia e Emilie. Quem recordar a chuva daquele 14 de julho, não pode me culpar por tal esquecimento.

No entanto, Irimia me contou, mais tarde, em detalhe, tudo o que aconteceu após a minha partida e, dado que eu o conhecia tão bem quanto a ela, posso imaginar com exatidão o ocorrido. Eles ficaram sozinhos à mesa, debaixo da chuva, e não sabiam como se separar. Não se conheciam, jamais haviam se falado, não conseguiam se falar e, apesar de tudo, sentiam dificuldade em ir cada um cuidar de sua própria vida. Tal decisão superava a força e imaginação de ambos. Estavam juntos? Tinham então de permanecer juntos.

Puseram-se então em movimento, debaixo da chuva, sem trocar uma única palavra. O vestido dela estava todo encharcado, filetes de água escorriam da aba do seu chapéu. Ele tirou o casaco e cobriu a moça, apertando-a ao seu lado, como a um tronco. Era fácil conduzi-la: ela lhe chegava até a cintura. Assim caminharam horas a fio. Até Saint-Ouen, onde Emilie morava, deveriam ser uns dez quilômetros. Percorreram tudo aquilo a pé, de madrugada, arrastando os pés pelas ruas úmidas e desertas. Chegaram tarde ao portão da casa de Emilie, ao raiar do dia.

Como se deu o resto, não sei. Como Irimia subiu até a mansarda dela, como se arremessaram um aos braços do outro, como se esborracharam vestidos no assoalho — não sei.

Talvez fosse o sono atrasado que os invadia, da mesma maneira como se deixam entorpecer os animais de tração exaustos. Talvez a vertigem daquela noitada musical, com tochas e fogos de artifício — 14 de julho republicano, que pulsava em seus corações com um esplendor tardio —, talvez a chuva que acariciara suas faces, a Marselhesa que ainda ressoava em seus ouvidos, modulada como uma canção de amor. Ou talvez fosse, sobretudo, a necessidade de expressar alguma coisa. Sentiam vagamente a simpatia elementar que um pangaré tem que sentir por outro quando puxam juntos a mesma carga e, como não falavam a mesma língua, encontraram, num momento de intuição, a maneira mais simples de se expressarem.

Mas por que me perder em suposições? A verdade é que, no dia seguinte, ao entardecer, Irimia veio bater à minha porta. Ostentava uma expressão séria e protocolar. Fazia rodeios, querendo me dizer alguma coisa, mas não sabia como começar. Girou o chapéu com as mãos algumas vezes. Deu umas tossidas. No final, falou de uma vez, sem introdução, assim como os tímidos que, depois de passearem por uma hora com a xícara de chá na mão, sem saber onde pousá-la, deixam-na cair no chão, resolvendo tudo.

— Olha, ontem à noite eu me deitei com a Emilie.

Com certeza arregalei os olhos, pois logo em seguida ele baixou o olhar, encabulado. Sabia que Irimia nunca mentia, mas o fato me pareceu tão abominável que hesitei em acreditar. Quis dar risada, e até tentei.

— Malandro! — disse-lhe, ameaçando-o com o dedo, admirativo.

Ele mal conseguiu sorrir e, em seguida, retomou o ar protocolar de antes. Suspirou. Depois, do fundo do coração, com um toque de arrependimento, do qual eu não seria capaz nem se matasse alguém, ele confessou:

— E ela era virgem.

## MULHERES

Justamente aí começa a minha culpa, minha pequena culpa. Pois eu sabia que Emilie Vignon era virgem. Sabia também que, em seu universo, tal fato não tinha significado algum, e que o amor era feito sem responsabilidade. No entanto, distraído pela feição desgraçada de Irimia, divertindo-me com a sua imensa ingenuidade, continuei a brincadeira. Quem sabe? Talvez, se naquela altura eu tivesse abordado as coisas com leveza e dito a ele que o ocorrido não era grave, a história teria tido outro desdobramento. Mas eu, pelo contrário, assumi uma expressão circunspecta, caminhei pelo aposento e fitei Irimia de cima para baixo, como a um réu.

Ele nem se atreveu a enfrentar a minha reprovação. Disse-me, com simplicidade:

— Não faz mal. Eu vou levá-la.

— Como assim, levá-la?

— Sim, vou levá-la para o altar.

Embora soubesse que ele não estava brincando, achei que, no final das contas, as coisas não chegariam tão longe. Deixei-o partir, em seguida dei muita risada e esqueci.

Só uma semana depois, um colega de faculdade me contou, ao acaso, que Irimia ia se casar. Fiquei perplexo. Saí correndo atrás dele, esperando chegar a tempo para salvar o rapaz daquela enrascada. Encontrei-o sossegado, com aquele sossego de quem travou as pazes com a própria consciência. Tentei tirá-lo daquela inconsciência, fazê-lo raciocinar, convencê-lo.

— Está certo, seu desgraçado, preste atenção no que faz. Você é pobre, vai ter que trabalhar, vai ter que voltar para casa, seus pais estão te esperando.

Ele deu de ombros.

— Mas se ela era virgem…

Era esse o seu raciocínio; vi muito bem que não conseguiria demovê-lo daquela sua honra bitolada de lavrador. Então fui tentar falar com Emilie. Não que o destino de Irimia me interessasse tanto: mas aquele casamento me parecia monstruoso. Do ponto de vista humano, o acasalamento do gigante com a aleijada, feita de madeira, era horrendo, bestial. Que vida poderiam

EMILIE

levar aqueles dois, lá em cima, naquela mansarda de Saint-Ouen, comunicando-se por sinais, pois nem a mesma língua falavam, sem saber nada um do outro, grunhindo quando quisessem dizer alguma coisa e se enroscando à noite, calados, como cachorros?

Não logrei convencer ninguém. Emilie, pobre alma que se deixava levar por qualquer um, recebera sem surpresa a proposta de Irimia. Não entendia muito bem por que ele fazia questão de se casar, mas nem tinha por que o rejeitar. As amigas dela, ademais, vendo naquele casamento uma oportunidade perfeita de piada, se apressaram a emaranhar as coisas de tal modo que ninguém mais pudesse desemaranhar. Encontrei-me, portanto, diante do fato consumado, e acabei desistindo de qualquer contestação.

Exatos quinze dias depois, participei do casamento civil entre Emilie Vignon e Irimia C. Irimia. Havia alguns colegas do noivo no salão da subprefeitura do décimo quarto distrito, e toda uma legião de vendedoras e costureiras: colegas do subsolo da loja em que Emilie trabalhava. Cheguei ali como se para uma feliz coincidência. Pelo contrário, foi um espetáculo melancólico. O caráter ridículo da cena era comovente, e não me lembro de ter visto alguém sorrindo. As moças lacrimejavam.

Só Emilie, de braço dado com o genro, lançava um brilho modesto de rainha, e sua feiura de sempre irradiava solene como uma auréola de castidade.

## IV

POR muito tempo não soube mais nada da vida deles. Parti de Paris em agosto, para uma cidadezinha no Sul, onde tive que substituir um médico. Voltei de lá bem mais tarde, em novembro, com dez mil francos no bolso e com a esposa do médico substituído, uma mulher feia e afetada. (Mas essa é uma outra história…) Claro, havia me separado de Mado, cuja relação de qualquer modo durara demais. Por conseguinte, não tinha mais de quem receber notícias do casal Irimia.

MULHERES

Avistei-os, no entanto, num dia de domingo, no Jardin des Plantes, olhando os animais. Estavam de mãos dadas, assim como saem para passear os soldados com as empregadas no Cişmigiu,[20] o que emprestava àquele parque parisiense uma triste lembrança dos nossos subúrbios. Os dois se postaram em meio a um grupo de crianças, em frente ao pavilhão dos elefantes. Irimia tirou do bolso do casaco um pão enrolado em papel, desembrulhou-o e se pôs a distribuí-lo entre os paquidermes.

Chamava-os com carinho, em romeno:

— Vem pro tiozinho, vem, vem pro tiozinho!

Sempre que a tromba de um elefante ultrapassava a grade, dependurando-se no ar e descendo na direção da mão de Irimia, Emilie pulava assustada e o puxava para trás, mas ele permanecia tranquilo. Entendia-se bem com os paquidermes, e eles o reconheciam. Não me aproximei deles e os evitei, para não perturbar o idílio.

Revi-os, porém, três meses depois, em circunstâncias trágicas. Estou acostumado com a morte e mais de uma vez fechei os olhos dos mortos nos salões brancos de hospital, nos quais passei a juventude pensando em outras coisas para além dos rostos que se decompunham do meu lado. O que é que vocês querem? É uma insensibilidade profissional, diante da qual o calafrio do fim deixa de existir. A morte de Emilie, no entanto, me estremeceu. Foi horrenda.

Num dia de março, Irimia me procurou no hospital e me pediu para encontrar um leito para Emilie na minha seção, pois estava grávida e haveria de dar logo à luz.

— Muito bem, Irimia, olhe só o que você foi arranjar! Rebentos? Por que não fez mais cedo o que era para ser feito?

Irimia pareceu não compreender. Olhou-me confuso e, ao entender finalmente que eu lhe falava de aborto, fez por instinto o sinal da cruz.

20. Nome do primeiro parque público de Bucareste. [N. T.]

Eu não fazia clínica obstétrica no Trousseau. Mas disse ao Irimia que interviria junto à direção e tentaria encontrar o leito necessário. Em dois dias, estava tudo arranjado. O residente da seção de maternidade era meu amigo e prometeu cuidar com especial atenção de Emilie. Eu mesmo, quando não estava de plantão ou quando meus doentes me davam trégua, cruzava o corredor e entrava no salão XVIII, para auxiliá-lo.

Quando levei Emilie, desde o primeiro momento tive certeza de que ela não haveria de sair mais dali. Jamais vira uma tal gravidez. Não era propriamente anormal: os sintomas eram comuns e a paciente, firme. Mas todo o seu corpo estava deformado, o ventre enorme, os membros pesados e afastados do corpo. Respirava com dificuldade e, por vezes, virava os olhos, como os gansos de engorda. Imaginar que aquele corpo nodoso, que rangia como um guincho por lubrificar, aquele corpo torto, troncudo, com as articulações fora do lugar, com reflexos selvagens, que aquele corpo pudesse levar dentro de si uma criança! Era uma aberração, uma impossibilidade física. Emilie, para quem pegar um copo de um lugar e pôr em outro era um problema de acrobacia, agora tinha de dar à luz uma criança! Seu corpo rígido precisaria se tornar elástico, se moldar conforme os movimentos internos do feto, acompanhando suas inflexões de verme cego!

Foi um horror. A mulher parecia um tronco de árvore tombado. Se pudesse se debater, talvez sofresse menos, talvez até escapasse com vida. Mas não: mantinha-se aferrada ao lençol e de lá nos fitava com um par de olhos aflitos, suplicantes, de cachorro que se afoga. Por vezes gritava, e seu berro ecoava longe, pelos imensos salões do hospital, assim como se deve ouvir, no abatedouro, o mugido das vacas sacrificadas. Pensamos em preparar o fórceps, mas o patrão, que conduzi até a cabeceira da paciente, não permitiu. Dizia que, de qualquer modo, era um caso perdido.

Tudo aquilo durou três dias e três noites. Irimia, apesar das minhas tentativas de retirá-lo dali, ficou ao lado do leito da esposa o tempo todo, defendendo-se com teimosia. Não conhecia essa sua força de vontade. Permaneceu imóvel, sem dizer uma palavra, sem soltar um suspiro, olhando ora para mim, ora para Emilie, à espera.

Na terceira noite, lá pelas três da madrugada, a mulher deu à luz uma menina. Irimia a recebeu das minhas mãos. Levou-a para perto de uma lâmpada, fitou-a longamente, em seguida a devolveu à enfermeira e foi dormir.

No dia seguinte, ao retornar ao hospital, encontrei-o do lado da cama de Emilie. A mulher agonizava. No início da manhã, sofrera uma forte hemorragia e, agora, fora diagnosticada com septicemia geral. Arquejava. Ao me avistar, Irimia levou um dedo aos lábios, fazendo sinal para que eu pisasse mais leve.

— A partir de agora — disse-me — ela vai melhorar. Conseguiu escapar.

Não tive coragem de replicar, e ele, sem compreender meu semblante sombrio, acrescentou:

— Está vendo como ela mexe a boca? Isso não é nada: são os nervos que se restabelecem. — Em seguida, autoconfiante e exalando um profundo orgulho paternal: — Mas e a criança?... A menina?... Você viu que bonita? Vem ver.

E me arrastou atrás dele, até um salão adjacente.

Emilie morreu no dia seguinte, ao entardecer. Não sei quem fechou seus olhos.

Nós a enterramos numa manhã de fim de março, límpida e ensolarada. Fazia calor e saímos sem casaco, sorridentes naquela luz clara de primavera. No meio do caminho, as vendedoras de lírio-do-vale expunham pequenos buquês de um franco cada. Nós os compramos todos, em memória de Emilie. Irimia envergava seu sobretudo preto para ocasiões formais, o mesmo que usara, nove meses antes, no casamento.

Num canto do cemitério, Mado, com o rosto contraído e uma expressão carregada, de um jeito que jamais a vi, chorava e soluçava como uma criança e, de longe, ao me avistar, sorriu entre as lágrimas. Era uma moça boa e sentimental.

# Maria

### I

Sua revelação repentina de ontem à noite me surpreendeu e também me aborreceu um pouco. Creia-me, eu não esperava. Tinha certeza de que, entre nós dois, as coisas estavam bem claras e inequívocas e, às vezes, quando por acaso eu me apoiava no seu ombro (embora esse gesto sempre enfureça o Andrei), eu o fazia por um prazer amical, quase sem perceber, mais um entre tantos outros gestos familiares.

Por que você terminou do mesmo jeito que todos os outros? Deixe-me repreendê-lo. Você merece e, no final das contas, está vendo, isso me faz bem.

Não pense você, em primeiro lugar, que no meu silêncio e na minha partida apressada do baile tenha havido algo da indignação de uma mulher ultrajada. Já sou velha, mas você não quer acreditar, já ouvi tantas vezes, em outras circunstâncias mais ou menos semelhantes, as mesmas palavras que você me disse ontem à noite, que o ocorrido não me parece mais digno de nota, de modo que consigo passar por cima dele com certa frivolidade. Sim, com certa frivolidade.

Portanto, não entenda mal a minha crispação de ontem. Não o censuro em nada. Considero apenas que a nossa amizade poderia ter se abstido de tal acidente e que e o fato de você me amar, ou de querer me amar, ou de achar que me ama, complica em excesso uma relação que eu apreciava e que me pareceu possível durante muito tempo. Veja, você estragou de tal maneira a disposição das coisas, que ora me pergunto se é prudente lhe dizer que eu gostava de você e que eu esperava sempre com alegria as suas visitas, como uma festa íntima. Você é insuportável — é isso o que você é.

MULHERES

Ontem, assim que você terminou de falar, senti de repente como algo desaba e se embaraça, e isso me enervou tanto que não fui capaz de permanecer ali, naquele salão de baile, de modo que pedi ao Andrei que me levasse para casa, embora soubesse que o contrariava ao pedir aquilo, pois ele estava justamente travando uma conversa animada com Suzy Ioaniu e, com certeza, tencionava passar a noite toda dançando com ela.

(Só depois me dei conta de que o Andrei poderia ter se utilizado daquela minha partida súbita como uma pequena cena de ciúmes e que isso poderia indiretamente lisonjear a Suzy, o que com certeza me aborreceu, mas era tarde demais para consertar e, no fundo, aquilo não tinha grande importância. Para ser sincera, talvez eu tenha até gostado de separá-los à força).

Mas agora vamos conversar de maneira normal, como duas pessoas bem-comportadas. O concerto do Brailowsky[21] no Ateneu[22] será segunda-feira à noite e, como nenhum de nós dois deixará de ir (pelo menos espero que você não cometa essa besteira), vamos nos encontrar lá. Pois bem, não quero um aperto de mão medroso, não quero que fiquemos nos espiando com olhares desconfiados, que conversemos constrangidos sobre a chuva que cai lá fora, sabendo que um segredo persiste entre nós. Pelo contrário. Quero, ao término do concerto, poder pedir a você que me acompanhe até em casa, como de costume. Acho que estarei sozinha, pois você sabe que o Andrei não gosta de música e, aliás, segunda-feira à noite ele deverá estar na casa da Suzy, onde vão ensaiar um espetáculo para o príncipe Mircea, no qual o Andrei tem um número em que interpreta o rei do tango.

Talvez seja difícil esclarecer as coisas entre nós e me pergunto se terei coragem de escrever esta carta até o fim, mas eu não posso, juro que não posso acrescentar à minha vida, já compli-

---

21. Alexander Brailowsky (1896–1976), célebre pianista francês. [N. T.]
22. Ateneul Român (Ateneu Romeno), principal sala de concertos de Bucareste, inaugurada em 1888. [N. T.]

cada o bastante, mais um segredo, mais uma situação obscura. No meu pequeno universo íntimo, você é a única pessoa com quem posso falar abertamente, e não vou perder essa ocasião. Às vezes sinto, eu, que me acostumei às mentirinhas dos outros e às minhas próprias, às vezes sinto uma tal saudade de sinceridade que me vêm lágrimas aos olhos. Sempre que os arranjos miúdos com que construí minha vida me pressionam, sinto que desejo me vingar — me vingar por me vingar, de maneira inútil, boba — declarando, de uma vez por todas, a verdade verdadeira, até os mínimos detalhes, sem reserva, sem me importar com as consequências. Quantas vezes não pensei em lhe dizer, quando você vinha tomar chá em casa, ao entardecer. Mas você é um homem lógico, e me responde sempre com argumentos desencorajadores. Sabe que, quando eu lhe estendia ao acaso a cigarreira ou o prato de biscoitos, embora você já tivesse um cigarro na mão ou já houvesse se servido de doces, não raro eu fazia esse gesto inútil só para mudar de assunto e deter a tempo uma confissão tentadora.

Mas hoje vou lhe dizer sem rodeios.

Você sabe que eu amo o Andrei? Não diga que escolhi uma hora ruim: você não precisa ser poupado, nem eu sou capaz de acrobacias. A única coisa que interessa é sermos claros.

Descobri que as pessoas falam da minha relação com ele como um acaso qualquer: uma "colagem" que já dura cinco anos e que deve terminar de um dia para o outro. Talvez por isso as mulheres se permitam flertar com Andrei na minha frente, e os homens, me abordar em particular com certa liberdade. Talvez por isso você costume utilizar palavras duras ao se referir a ele, ou lhe dirigir sorrisinhos sardônicos na minha frente, que ele bem pode merecer, mas que me fazem mal.

Pois, no fundo, você é ingênuo. Você acredita na inteligência, no bom gosto, na discrição, na sutileza, e não entende que, por cima de tudo isso, alguém é capaz de amar o Andrei, sim, o Andrei, amigo seu e amante meu.

Já surpreendi mais de uma vez o seu sorriso de incredulidade quando me aproximava dele para admirá-lo ou lhe contar um segredo. Você talvez imagine que aquele homem bonito só sabe se divertir tocando *jazz*, além de perder duas horas pela manhã arrumando o penteado, e que pregou na parede o retrato do Rodolfo Valentino, recortado de uma revista de cinema. Embora eu não tenha vaidade pessoal, naqueles momentos tinha ganas de me aproximar e lhe dizer que você é insípido e medíocre, e que seu cotovelo dói por ele ser muito mais bonito que você. Sua superioridade me irrita. Sempre que você me diz algo inteligente, tenho a impressão de que é uma reprimenda. Quero lhe dizer que eu sei. Que eu conheço o Andrei, assim como você também o conhece, mas que isso não muda nada.

Uma vez eu lhe contei que, num concurso eliminatório de tênis, Andrei tinha ganhado o segundo lugar. Você apagou o cigarro, me olhou e me disse ao acaso, indolente:

— "Nem ao menos o primeiro".

Que ódio senti de você aquele dia.

Pois, está vendo, você me compelia a julgar um sentimento que eu recebia com simplicidade, sem cálculo. Você era como um biólogo que faria questão de demonstrar que, conforme todas as leis da ciência, eu não deveria gostar da flor que adoro.

Você foi a primeira pessoa que me obrigou a me perguntar por que amo o Andrei; pergunta, aliás, ridícula, que não tem como levar, nunca, a lugar algum.

Por que o amo? Meu Deus! Porque sim.

Conheci-o um ano depois do divórcio. Não tinha disposição alguma para uma grande paixão. Gostava de me vestir bem, inventando sozinha meus próprios vestidos de passeio para usar em dias de sol. Estava me preparando para sair e, visto que hesitava entre o mar e a montanha, adiava minha partida de uma semana para a outra, embora Bucareste já começasse a me entediar.

Então apareceu o Andrei. Ele me cortejou meio malandro, com uma certa impertinência de galã e achei aquilo engraçado, assim como o príncipe de Gales deve achar engraçado os transeuntes que, sem saber quem é, perguntam-lhe na rua que horas são ou lhe pedem um favor. Dei risada e, para continuar a brincadeira, incentivei-o. Pois, de qualquer modo, eu não tinha como dizer àquele homem simpático, arrojado e seguro de si que ele se enganava.

"O senhor sabe com quem está falando?" seria uma resposta profissional. Quanto a mim, gosto de passar por quem as pessoas acham que sou.

Se eu soubesse, na altura daqueles primeiros dias de verão, aonde essa brincadeira daria, talvez tivesse parado na hora. Cerro os olhos e, sem me arrepender de nada, imagino de que outra maneira teria sido minha vida. Que sossego bom, que cansaço gostoso!

Andrei entrou na minha existência num momento de desatenção, quando deixei portas abertas e persianas erguidas. Você o conhece: toda precaução com ele é pouca. Não é difícil, não é mau, não é bom, não é simples, não é complicado. Anoitece, escurece no quarto, giro cansada o interruptor e, naquela luz repentina, surge Andrei, num canto.

— *Você estava aí?*

Sim. Estava. E já que estava, e já que eu estava cansada, e porque já era tarde, peço-lhe um favor, chame a empregada, passe-me o livro da estante, diga-me que gosta do vestido verde que usei ontem, puxe a mesinha de chá para mais perto, cante aquela canção de amor que ouvi ontem à noite no Modern e que esqueci.

O verão corria imperceptível, bem assim, com prazeres miúdos. Certo dia, olhei o calendário e vi que já passava de 15 de agosto. Tarde demais para sair de Bucareste. As noites eram quentes, abafadas, com não sei que traço de aflição que me fatigava. Andrei me encontrou junto à janela, com a testa grudada à vidraça, como no passado, na adolescência, quando ficava em casa sozinha, não esperava ninguém e espiava da sacada, com o olhar para além do bairro, para além da cidade, algo que deveria chegar, não sei bem o quê.

Disse-lhe que não iria mais embora. Tornou-se loquaz, entusiasmado, beijou-me as mãos, ajoelhou-se, ergueu-se numa

MULHERES

pirueta — tudo isso com um sotaque desculpável, pois ainda estávamos brincando.

— *Madame, ma voiture vous attend.*[23]

Apontou para a porta, sorridente, juvenil, cavalheiro — e seu convite em francês me fez lembrar algo que eu ouvira várias vezes relacionado a ele, dito com indulgência e faceirice: *"Ce cher André".*[24]

Dei risada, dei-lhe o braço — num gesto de camaradagem — e descemos. Naquela época, ele tinha um pequeno Chenard Torpedo, o qual, se bem me recordo, ficou destruído dois anos atrás na Itália, no acidente que sofremos nos Alpes. Ele se sentou ao volante e me colocou ao seu lado com um sorrisinho de superioridade que, naquela época, ficava muito bem nele e de certo modo me intimidava.

Estou escrevendo rápido, sem revisar. Contando-lhe tudo isso, tenho a dimensão exata de toda a obscenidade. Sim, com a cumplicidade de um automóvel, de uma noite de agosto e de um sorriso, tornei-me amante do Andrei. Eu, que guardo do amor um gosto amargo de tempo perdido, talvez não tivesse o direito de me arrepender desse "acesso à paixão" por um portãozinho lateral. Imagino, às vezes, porém, um amor solene, que começasse puro, imaculado, a partir de um casamento místico entre mim e um homem — o que talvez não passe de um vestígio da minha educação de boa burguesa, coisa que talvez o faça rir, mas talvez possa ser algo mais difícil de explicar.

Não estava tonta naquela noite e creio ter mantido o tempo todo uma certa reticência, pelo que aliás senti ódio de mim, pois queria viver, livre de qualquer bom gosto, aqueles momentos triviais e prazerosos; mas, ao mesmo tempo, deixando a cabeça se aninhar no ombro de Andrei, ao sopro do vento, ao mesmo tempo, eu repetia para mim mesma que tudo aquilo não passava de um simpático *vaudeville*.

23. Em tradução livre, "Senhora, meu carro a está esperando". [N. E.]
24. Em tradução livre, "Este querido André". [N. E.]

Depois de Otopeni, as luzes rarearam. Andrei tinha, do lado esquerdo do para-brisa, um pequeno farol portátil. Ele me passou o farol para que eu iluminasse o caminho nas encruzilhadas. Era algo absorvente, apaixonante. Tínhamos diante de nós apenas a faixa branca dos faróis da frente, em seguida uma listra preta, opaca, e mais longe, bem longe, a mancha incandescente do pequeno farol que eu manipulava. Com a leve pressão de dois dedos, eu deslocava aquela luz instável e acompanhava o seu alcance sobre um marco miliário, sobre um galho recurvado, sobre um pilar de ponte. Olhava para frente, sem virar a cabeça para nenhum lado, perscrutando a escuridão e os desvios inesperados da estrada. Era uma vigilância intensa. Tinha apenas a sensação imediata e aguda da minha tensão: para além de mim, havia apenas o estrépito nervoso do motor, a mão dominadora do homem ao meu lado, segurando firme o volante, as árvores que passavam negras, farfalhantes, à direita e à esquerda, os mostradores prateados ao lado do freio e talvez ainda — pressentida ao longe, lendária — a noite que nos circundava.

E, agora, sentada à minha mesinha, curvada sobre esta folha de papel, pensando naquela viagem, ainda sinto por debaixo das têmporas as lufadas de vento.

Passado algum tempo, não sei mais quanto, não sei onde, Andrei freou. Viam-se próximas, entre as árvores, algumas luzes de casas esparsas.

— *Madame, la nuit vous attend.*[25]

Que frase bonita. Não dê risada. É uma frase bonita, parece o refrão de uma canção de amor nova, de versos horríveis, mas que não paramos de cantar e dos quais gostamos pela sua beleza passageira. Você não tem como entender isso, você é inteligente demais para entender.

Acompanhei-o.

---

25. Em tradução livre, "Senhora, a noite a espera". [N. E.]

## II

Ficamos duas semanas. Era um vilarejo depois de Câmpina, não muito longe de Sinaia. Até hoje não sei o nome dele. Quis voltar a Bucareste no dia seguinte. Comuniquei a Andrei o meu desejo, assim como dizemos a alguém, durante uma festa, à meia-noite, que já é tarde e queremos ir. Ele deu risada e ergueu os ombros.

— Impossível.

— Seja razoável, Andrei. Foi muito bonito, mas preciso ir.

— Ir como?

— No seu automóvel.

— Quebrou.

— Até ontem ele não tinha nada.

— Mas hoje tem. Um automóvel é uma criatura caprichosa.

— Deixe de brincadeira.

— Juro. Hoje de manhã, você ainda estava dormindo, desci até o quintal e quebrei o carburador. Sou um homem prudente. Imaginei que você quisesse fugir. Então decidi que essa nossa aventura devia ser protegida contra todos, contra você em especial. Creia-me: um automóvel em perfeito funcionamento é um perigo. Um automóvel enguiçado, a quarenta quilômetros de distância da cidade, é uma garantia de constância. Enguicei o meu.

— Você é louco.

— Sou.

Você reconhecerá, nessa conversa, o estilo do Andrei, aquele estilo que você dizia ser cordial e ingênuo, querendo certamente dizer indiscreto e arrogante, mas do qual eu gostava e ainda gosto. Pois, veja, hoje, com o cansaço desses cinco anos e com a crueldade que pacientemente aprendi com ele, não posso deixar de sorrir ao me lembrar daquele Andrei que me aprisionava, atrevido, feliz e inconsciente, seguro de si, orgulhoso de sua proeza. Estava vestido com uma calça branca de verão e uma camisa de mangas arregaçadas, gola desabotoada, o que o rejuvenescia e o dotava, naquele quintal do interior, de um certo ar rústico, simplicidade, alegria.

Já lhe disse que sou velha. Naquela altura eu também era. Menos, mas era. Há dentro de mim um cansaço antigo, que vem não sei de onde, que me torna vulnerável a tudo o que diz respeito a coragem, a um gesto brusco, a uma frase atrevida, a um jovem rosto inconsciente. Vai saber? Deve ser algo semelhante à melancolia dos finais de verão, quando o sol ainda está inteiro e a luz ainda é branca, mas a copa das árvores se arrepia ao anoitecer com o pressentimento do declínio que está por vir, e que elas guardam dentro de si como uma brasa íntima, embrulhada em miolo de pão.

Naquela hora da manhã, Andrei era um conquistador, "conquistador" no sentido clássico da palavra, significado que só então eu descobri, pois até então eu só encontrara conquistadores no cinema e no teatro, provavelmente para que a revelação se tornasse completa mais tarde.

Apertei a mão dele, consentindo em tudo. Abraçou-me entusiasmado e barulhento, infantil, muito infantil, mas ao mesmo tempo ostensivamente dominador — o que não me descontentava, pois nunca me descontenta deixar nas pessoas por quem tenho afeto a impressão de que um capricho delas seja uma ordem. Não me lembro de quanta ironia havia na minha sujeição. Deve ter sido pouca. Mas muito pouca: o mínimo necessário para me desculpar diante daquilo que você chama de meu "tato". Joguei fora esse meu tato, joguei fora assim como jogamos fora um chapéu que nos incomoda e ficamos com a cabeça descoberta e o cabelo desgrenhado ao vento.

— E, apesar de tudo isso, não podemos ficar.

— Por quê?

— Muito simples. Só tenho esse vestido que estou usando, e você, só esse terno.

Deu risada, beijou-me, atirou num gesto ágil o paletó sobre os ombros e saiu correndo, gritando apenas que voltaria antes do almoço.

Correu vários quilômetros até chegar à estrada, parou o primeiro carro que passou, enfiou-se nele para o estupor do motorista, em uma hora chegou a Braşov, passou pelo mercado e, uma hora depois, estava de volta, cheio de pacotes, caixas, sacolas, que abrimos juntos aos risos, descobrindo cada aquisição, pois nem ele mais sabia bem o que trouxera, e cada pacote desembrulhado era uma surpresa para ambos: pijamas, uma vitrola com um único disco, um vestido de lã, roupa de ginástica, doces, livros, raquetes de pingue-pongue, lenços, pó de arroz, água de colônia, óculos de sol, todo um bazar fantasioso constituído por bagatelas encantadoras e um mau gosto estridente.

É provavelmente deslocado dizê-lo a você, além de ser uma besteira, mas você saberá perdoar este meu momento de candura: foram os mais belos dias que guardo na memória.

Tenho uma pilha de fotografias daquele período e não raro as contemplo — hoje ainda — sem arrependimento, sem censura, por tudo o que aconteceu desde então, feliz por descobrir um novo detalhe, nessas fotografias, que conheço de cor e em que tudo é emocionante, tudo, os sapatos brancos dele, meu cordão arrebentado (estava correndo e ele enganchou numa calha, num dia em que estávamos voltando do rio Prahova, onde tomamos banho, num lugar bem escondido, completamente pelados, pois é verdade que não tínhamos maiô de banho, mas também porque essa loucura nos rendia uma imensa alegria), e tudo está intacto, próximo, familiar — como lhe dizer? —, não como uma evocação desesperada de coisas perdidas, mas como o reconhecimento brando e sossegado de uma paisagem em que vivemos com a sensação de que ela seja nossa para sempre.

Desde então, Andrei foi, inúmeras vezes, brutal, obsceno e maldoso, mas tudo isso e também muito mais — oh, infinitamente mais do que eu seria capaz de contar, não por ter medo de você, ou porque me sentiria humilhada (pois faz tempo que não tenho mais orgulho), mas porque eu passaria mal enumerando tudo, mas tudo isso, como eu dizia, tomba e se apaga na lembrança daquelas duas semanas iniciais.

Acho que já contei que, entre as coisas trazidas de Braşov, havia uma vitrola e um disco. Um único disco. Não sei por que veio só um e justamente aquele. Num lado, uma dança húngara de Brahms e, no outro, uma dança espanhola de Granados, ambas interpretadas ao violino por Jascha Heifetz. Era um disco vermelho da *His Master's Voice*, do qual me lembro perfeitamente ainda hoje, embora, desde então, não sei por quê, não tive mais curiosidade de ouvir. Durante duas semanas, de manhã, na hora do almoço, à noite, especialmente à noite, após o jantar, esperando na varanda passar da meia-noite, ouvíamos aquelas duas melodias, que se tornaram tão familiares, que deixaram de ser duas peças musicais, transformando-se numa espécie de ritual doméstico, parte integrante daquela nossa vida, assim como todos os sons familiares de uma casa — passos reconhecíveis no vestíbulo, o tique-taque do relógio na parede, o barulho do abrir e fechar das portas...

Está vendo, passaram-se tantos anos, esqueci tantas coisas, esquecerei ainda outras tantas, mas acho que sempre vou me recordar daquelas canções, não por serem bonitas, nem sei se são bonitas, mas por aquelas férias embutidas dentro delas, tão profundamente, que nem o Andrei, ele que só conhece tangos, se esqueceu delas, e às vezes, provavelmente de maneira involuntária e sem intenção, calha de ele as cantarolar enquanto come ou se barbeia.

Muito me alegrará se ele não souber o que são, nem onde as ouviu, e que as leve consigo dessa maneira, indiferente, assim como levamos, no bolso interior do casaco, uma carta antiga do ano passado, que ali esquecemos, considerando-a extraviada.

De qualquer modo, nunca lhe perguntei nada sobre isso.

III

R ETORNEI tarde a Bucareste, em fins de setembro, quando encontrei as pessoas já há muito de volta das férias e as árvores, nas avenidas, amareladas.

Foi nessa mesma época que te conheci, você tinha acabado de voltar de Paris, depois de não sei que estágios médicos, sobre os quais Andrei tinha me falado com ceticismo ("Esse Ştefan Valeriu nunca vai ser alguém"), e talvez se recorde como fiquei embaraçada aquele dia, em que ele te chamou no meio da rua para me apresentar, cintilante de orgulho e cheio de entrelinhas. Sentia que ele esperava ser parabenizado por mim, sua "conquista". Sentia que estava encantado pelo meu vestido, pelos meus olhos, pela sua surpresa.

Quanto lutei, naquela hora, para temperar o entusiasmo e a indiscrição dele. Não fui prudente e nem agora creio ser. Mas me assustavam os boatos, as suposições, os comentários, as noites de estreia em que, ao passar pelo saguão, sentia às minhas costas um caudal de sussurros, as idas ao restaurante, quando me recebiam, já na porta, trinta olhares que sabiam alguma coisa e queriam saber tudo, as perguntas delicadas, as alusões... Se eu pudesse ter comunicado a todos, por meio de uma circular, que eu estava amasiada com Andrei, e se eu tivesse certeza de que isso poria fim à curiosidade pública, eu o teria feito. Cansava-me a "atmosfera de sensacionalismo" com que me circundavam.

Tentei explicar tudo isso ao Andrei. Disse-lhe que ninguém me incomodava, mas que deveríamos dar ao nosso amor o tempo necessário para encontrar a "fórmula social" que melhor lhe conviesse (não me lembro de ter utilizado esse termo horroroso, mas, no fundo, foi o que eu quis dizer). Pedi-lhe que deixasse que as coisas encontrassem sozinhas o próprio caminho.

— Você é uma burguesa — disse-me.

Não fiquei brava. Tinha razão, de certo modo. Naquele período, ele estava febril, entusiasmado, alucinado por projetos para o futuro, apaixonado: eu estava calma, um pouco cética, de todo modo lúcida e, embora feliz com o nosso namoro, exausta com suas explosões juvenis.

Eu fazia questão de uma coisa em especial: que morássemos separados. Quanto a isso, não estava disposta a fazer nenhuma concessão. Ele se mostrou atrevido, autoritário e ameaçador, mas eu fui tenaz e isso foi o bastante.

Mas, pelo amor de Deus, por quê? Você me recebe para dormirmos juntos. Para comermos juntos. Saímos juntos pela cidade, por que não moraríamos também juntos? Por que você não se muda para a minha casa? Por que não compramos uma casa maior, para nós dois?

Teria sido difícil lhe responder e teria sido difícil que ele compreendesse. Nem tentei. Mantive, porém, minha decisão.

Tinha necessidade de uma casa em que eu pudesse comandar e ficar sozinha; um quarto em que ninguém pudesse entrar sem bater à porta, um cofre em que eu pudesse trancar o que quisesse, quatro paredes entre as quais eu pudesse ficar longe de tudo e de todos.

"Temperamento de castelhana", disse-me você uma vez, e não soube o que responder. Não acho que seja isso. Só sei que gosto do meu interior, não tenho alegria mais garantida do que retornar para o meu interior à noite, mantive muito clara a noção de "refúgio" da casa (a volta do filho pródigo é a única passagem da Bíblia que realmente me comove) e, se não me deixei dilacerar pela vida até hoje, é em boa parte graças a este quarto de onde ora lhe escrevo. Quantas possíveis loucuras não refreei aqui, quantos gestos estridentes, quantas providências falsas... E quantas vezes não entrei aqui ferida, com o rosto desfigurado, os braços tombados ao longo do corpo, incapaz de decifrar sabe-se lá que catástrofe que me surpreendera, dizendo para mim mesma que tudo acabara e provavelmente tomando esse "tudo" pela própria vida.

Um ou dois dias depois, quando você me encontrou na rua, eu ria comigo mesma, imaginando quantos danos íntimos sustentavam a calma pela qual você me parabenizava e da qual eu me orgulhava; no entanto, por outros motivos, acredite.

A casa foi a única coisa que mantive, passando todo o resto, dia após dia, à posse de Andrei, que sabia pedir e obter com um verdadeiro instinto de criança terrível.

Gostava da sua aparência agitada, do modo de soar nervoso e hostil, do gesto com que atirava o chapéu na entrada, das perguntas desordenadas, das respostas curtas, dos passos rápidos com que passava em revista os aposentos, trocando o lugar das coisas, surpreendendo-se com qualquer coisa, querendo saber de tudo, impaciente, intolerante e tirânico, como lhe caía bem ser.

— Você é impertinente, Andrei.

MULHERES

Isso o lisonjeava. Sentia-se de repente forte, prepotente, e me lançava um sorriso sem modéstia — sorriso que eu adorava enormemente, pois eu me sabia reticente e vulnerável, ao passo que ele se mostrava ousado e presunçoso.

Desde o início percebi a vaidade dele, mas cultivei-a com alegria, pois era seu ponto mais sensível e porque ela, embora o tornasse às vezes impossível, o dotava de não sei que graça áspera de adolescente, que desconhece obstáculos. Deduzia, assim, no meu íntimo, que, dentre nós dois, eu era a mais forte, e pensei diversas vezes que todas as suas vitórias sobre mim, ao menos no início, foram, na verdade, pequenas concessões da minha parte, para evitar que ele se zangasse.

Não sei dizer quando exatamente o Andrei se tornou indispensável. Provavelmente não foi num momento preciso. Meu amor por ele cresceu de maneira sedimentar, lenta, a partir de pequenas coisas, hábitos, até que, um dia, me vi prisioneira dele. Por muito tempo me considerei livre, olhando-o com distanciamento e, pelo fato de o julgar com frieza, consciente de todos os seus defeitos divertidos, eu nutria a ingenuidade de me acreditar independente dele e pronta para enfrentar, de coração aberto, uma eventual separação. De nenhum modo eu permitiria que aquele homem, dotado de fúrias e fantasias dominadoras, pudesse me fazer sofrer, eu que o via com tanta indulgência e ironia.

Tendo a impressão de que ele brincava de tirano comigo, conformei-me em dar réplicas de escrava, assim como gente grande aceita se assustar com uma criança que se cobre com um pano branco e faz *uuu-uuu* como um fantasma...

Não sabia que essa brincadeira era tão perigosa.

## IV

N OSSA primeira briga mais séria foi por causa do meu nome; Andrei não gostava nada dele. Tinha dificuldade em pronunciá-lo devidamente; mas, além de feio, com certeza, comum e desprovido de um som especial, foi o nome que me deram desde pequena: Maria.

Entre nós, na intimidade, ele tentava todo tipo de substituições e diminutivos afetuosos, que eu recusava com firmeza.

— Estou avisando, Andrei, que, sempre que você me chamar por um nome que não é o meu, não vou responder.

Seu maior sofrimento era quando tinha de me apresentar a um desconhecido e, então, baseando-se no meu constrangimento, ele retificava o meu nome, pronunciando-o à francesa, à inglesa, ou abreviando, conforme sua preferência, a primeira sílaba.

Assim, fui chamada de Marie, Mary, Ria. E, sempre que ele armava essa brincadeira, eu a desarmava com tranquilidade, para a sua fúria infinita.

— Meu nome é Maria. O Andrei não gosta de me chamar assim; é uma velha brincadeira dele.

Não dê risada: era algo de extrema importância e, no final das contas, consegui resistir, pois desconfiava que aquilo significava o grande nó do que nos distinguia, o símbolo mais evidente de que ele e eu pertencíamos a dois universos distintos.

Por que não gostava de "Maria"? Não sei bem. Perguntei algumas vezes e ele não soube explicar.

— Você está entendendo — dizia ele, contrariado —, todas as mulheres em torno de nós têm um nome normal. Por exemplo, a Suzy Ioaniu. Ela se chama Suzana, mas reconheça que seria horrível chamá-la assim. Outro exemplo, Bébé Stoian. Anny. E assim por diante: Lulu, Lily, Ritta, Gaby... Só você... só você... Maria, que nome de caipira!

Eu dava risada. Sinceramente me divertia aquela sua paixão por nomes amarfanhados, estranhos, amassados, nomes escritos com ípsilon ou com um "e" mudo, com consoante dupla, estética leviana que o Andrei devia ter aprendido nos espetáculos dos bares noturnos e que queria impor ao meu nome de três vogais, monótono, insípido, caipira, mas do qual eu gostava e com o qual me habituara por ser tão simples e comum.

MULHERES

Como Andrei se sentiu triunfante no dia em que, ao vir me ver, descobriu que a minha empregada, contratada fazia pouco tempo, se chamava como eu, Maria. Nem se deu ao luxo de rir: simplesmente esticou a palma, em tom demonstrativo, diante da evidência, esperando o reconhecimento da verdade. Que briga, meu Deus, que briga tivemos ao lhe dizer que aquilo absolutamente em nada me incomodava, e que eu deixaria meu nome em paz, assim como o da empregada Maria, porque esse nome é capaz de atender a ambas na mesma casa, junto com todas as Marias do mundo.

Concluiu a discussão de maneira severa.

— Você é irremediavelmente burguesa. Só que você devia usar também vestidos de 1915, não só o nome.

Muito mais tarde, só mais de dois anos depois, em Paris, numa circunstância que o faria dar risada, mas que me comoveu sinceramente, Andrei consentiu com o fato de que, definitivamente, um nome não é melhor nem pior que outro, chegou mesmo a reconhecer que o meu nome combina e se parece comigo. Havíamos ido à rue La Boétie visitar algumas galerias de pintura e, por acaso, na Bernheim-Jeune, descobrimos uma curiosa exposição de uma atriz italiana, Maria Lani, que, por conhecer pessoalmente um grande número de pintores famosos, pedira que cada um pintasse o retrato dela, reunindo, por conseguinte, uma coleção de imagens excepcionais do mesmo modelo.

Acho que Andrei se surpreendera com o fato de que uma mulher tão distinta como aquela atriz italiana pudesse se chamar como eu, Maria. Creio, ademais, que ficou orgulhoso com a semelhança, me lembro de ele ter me observado ali, na exposição, algumas vezes, com uma centelha de admiração que há muito tempo não demonstrava por mim e que, desde então, creio que nunca mais nutriu.

Ao anoitecer, fomos jantar em Montmartre num bar acolhedor e não muito badalado, onde Andrei se comportou como nos bons tempos, infantil, vibrante, direto, e me falou um monte de besteiras encantadoras.

— Maria, fui um burro e você não deve me perdoar. Você tem justamente o nome que merece, nome de uma graça invisível, nome que não suporta diminutivos, belo como você, simples como você, talvez um pouco sério demais, pois eu gostaria às vezes de te ver diferente, mais animada, mais inquieta, não como eu, eu sou completamente maluco, mas um pouco diferente...

— Mais jovem, Andrei, mais jovem — ajudei-o a calibrar os pensamentos.

Protestou com veemência, recordou-me que ele é mais velho que eu, contou-me dos seus fios de cabelo branco, mas, apesar dos protestos, eu sabia ter dito a verdade e, naquela noite, Andrei, orador arrogante e enfatuado, de quem você sempre dá risada, me disse as coisas mais justas e delicadas que podiam ser ditas sobre o nosso amor conturbado.

Percebi, então, que, só depois de não sei quantos meses de resignação, minha relação com Andrei não estava definitivamente comprometida, uma vez que aquele momento de compreensão fora possível, e — quem sabe? — com um pouco de paciência, certa perseverança caso necessário e uma pitada de sorte, eu conseguiria finalmente descobrir, em nossa dinâmica íntima, o pedal exato que deveria pisar para que a sintonia daquela noite entre nós pudesse durar.

Durar! Está vendo, esse deve ter sido, não só na minha relação com Andrei, como também com as outras pessoas e com a própria vida, o meu maior erro. Durar! Apavora-me a ideia de que algo possa ser completamente aniquilado — uma coisa, uma pessoa, um sentimento ou um objeto apenas —, de que possa desaparecer da noite para o dia e, na passagem das coisas, obseda-me apenas a sua possível eternidade, a marca que pode se demorar e permanecer.

O que me dilacerava na presença de Andrei era aquele seu ar de uma provisoriedade contínua, de pessoa que entrou por acaso numa casa, com o chapéu enterrado até as orelhas, sem saber se vai embora, se volta ou se fica. Por vezes eu era tomada por uma tentação infantil de colocar a mão em cima do seu ombro e perguntar, com toda a seriedade:

— Você está aqui?

Não ache que esse meu anseio por permanência fosse opressor ou coercivo. Sabia muito bem que Andrei tinha que ficar solto para se mover, trair e — como lhe explicar? — creio que justamente isso, aquele seu ar indefinido de vagabundo me comovia e me fazia amá-lo, pois ele era o tipo de pessoa dos ventos aleatórios e do contato social, ao passo que eu, o da espera e eternidade. Uma eternidade barata, claro, tanto a minha como a dele, mas que precisava ser protegida com afinco, contra tantos obstáculos.

E, se eu apreciava a sua presença e precisava dela, tão fantasiosa, barulhenta e desequilibrada, presença de pequeno aventureiro, que aterroriza e impõe, é porque isso oferecia uma espécie de brisa matinal à minha vida "séria", como dizia ele, ele também talvez precisasse da minha tranquilidade, ao menos para descansar, pois, às vezes, as suas fugas, escapulidas e caprichos destrambelhados acabavam por cansá-lo e, então, ele talvez gostasse de encontrar, ao meu lado, um dia ou uma semana de paz, provavelmente um pouco monótona demais e demasiado burguesa, mas estável.

Creio que Andrei finalmente compreendera isso naquela noite em Paris e, ao retornarmos tarde para casa, a pé, por ruas meândricas ao longo do Sena, levemente embriagados pelo vinho e levemente impacientes pela noite de amor que prometíamos um ao outro de maneira tácita, eu estava feliz de braço dado a ele.

v

E o que mais? Pergunto-me se ainda tenho o que contar. Agora que me pus a falar de tantas coisas do passado, das quais não me esqueci por um só instante, e que guardei até hoje em algum lugar dentro de mim, como numa gaveta em que não precisamos remexer, agora que evoquei tantos acontecimentos, arrependimentos e equívocos, confesso que me sinto apegada a eles e, ao relatá-los, sinto também uma espécie de prazer doloroso, como se liberasse das ataduras um braço aprisionado tempo demais.

No entanto, não vou lhe contar as histórias restantes — brigas, traições, explicações — porque sinto que é tarde para fazer o caminho de volta. Aceitei-as faz tempo, assim como foram e como ainda serão, e tento transformar a companhia delas numa espécie de volúpia familiar — provavelmente a única que me resta. De qualquer modo, você já conhece todas elas, assim como eu e todo o mundo, pois o Andrei não poupou nada e teve o cuidado de que cada nova aventura sua fosse um evento público, iniciado e terminado à vista de todos.

Você se lembra de quando ele fugiu, em 1924, para Paris, com a Didi, aquela vedete loira que foi embora com ele no meio da temporada, abandonando o teatro de revista do Cărăbuş[26] e deixando toda a Bucareste perplexa? Contaram-me que se fala disso até hoje e que, nos teatros, sua proeza de então se tornou lendária. Enquanto isso acontecia, eu saía na rua, recebia visitas, fazia visitas — tudo com uma tranquilidade absurda, com um sorriso lavado, com um desprendimento que deve ter paralisado as mais brutais alusões.

Como fiz isso? Não sei. Fui corajosa? Depreciativa? Insensível?

Não sei, juro que não sei, mas creio ter tido a consciência de que aquela miséria não pertencia à circunferência da minha vida, não tinha a ver comigo, não tinha como ter a ver comigo, havia um muro sólido entre o que acontecia e o que eu era.

Ninguém entendeu nada e Andrei entendeu muito menos que qualquer um. Ao retornar, ele evitou me encontrar por duas semanas. Enviou-me cumprimentos vagos e emissários assustados, em missão de reconhecimento. No fim, veio me ver em casa certa manhã, de surpresa, desorientado, sem saber o que

---

26. Inaugurado em 1919, é o mais célebre teatro de revista romeno, localizado no centro de Bucareste. Atualmente porta o nome de seu fundador, o ator Constantin Tănase (1880–1945). [N. T.]

fazer, se deveria se explicar, ou me culpar; de todo modo, estava decidido a "ter razão". Não lhe dei a oportunidade. Recebi-o como se nada houvesse acontecido, como se tivéssemos nos visto na noite anterior, dirigi-me a ele amistosamente, demos risada juntos, pedi que ficasse para o almoço, abordei numerosas ninharias. Após a refeição, pus para tocar na vitrola uns discos que eu havia comprado para ele na sua ausência, tangos argentinos, e pedi que me mostrasse um passo de dança que começou a entrar na moda naquela época e que eu não tinha conseguido aprender. Ele adorou a ideia, pois se sentiu lisonjeado por eu recorrer à sua competência, e senti como esse fato insignificante o fez recobrar a segurança, deixando de lado o ar de culpado e voltando a ser, assim como eu o conhecia, o dono da situação.

Ao entardecer, enquanto tomávamos chá, provavelmente porque gostou dos docinhos (sabe, aqueles folhados porosos), ele ergueu os olhos da xícara e me disse, condescendente:

— Você não é o meu tipo de mulher, mas é uma moça simpática.

Fitei-o, pela primeira vez, crispada, pois, sem que me ofendesse, aquele adjetivo me pareceu leve demais para os meus ombros, que já haviam aprendido a suportar tanto.

— Você também, Andrei, você também...

Olhava-o enquanto comia na minha frente, à mesa da qual se ausentara por tanto tempo, ávido, alegre e comunicativo, com um candor que lhe caía perfeitamente e com uma inconsciência que poderia desculpar não uma traição, mas um crime. Sempre gostei de olhar para ele enquanto comia, e creio que a avidez seja a única coisa profundamente boa nele (talvez seja uma besteira o que eu diga agora, mas acredito nisso e vou dizer do mesmo jeito), pois um homem ávido tem um quê de criança, alguma coisa que diminui a sua aspereza, a sua importância, o seu terror de macho. Se mulheres simples e burras lograram viver a vida toda ao lado de homens grandiosos, reis, generais, cientistas, talvez seja justamente porque comiam junto com eles à mesa, tendo assim acesso àquela imagem de crianças bicudas e esfomeadas, a única coisa que as protegia de suas majestades.

Ah, com certeza não era o caso do Andrei, embora ele fosse também um pequeno tirano a seu modo, e o meu único momento de superioridade em relação a ele, a única ocasião em que o sentia depender de mim, como se esperasse a minha proteção e a minha decisão, era à mesa, quando, ao desdobrar o guardanapo, me perguntava com os olhos o que é que lhe daria de comer.

É estúpido e pueril o que estou lhe contando agora, sinto que seja estúpido e você não tem como entender nada disso, mas não me leve a mal, sou a única culpada se estou dizendo a você, que é homem, coisas que só uma mulher é capaz de compreender e sentir.

Foi uma das poucas alegrias que devo ao Andrei, a alegria de o servir, de cuidar dele, de o ver mimado por debaixo daquela máscara de homem enérgico, de bajular seus gostos e os educar. Ele se submetia, com a satisfação de quem recebe qualquer coisa por se sentir no direito, e havia algo de majestoso naquele seu modo de permitir que eu tomasse conta dele.

Talvez fosse a única coisa que fizesse o Andrei se sentir realmente conectado a mim, e eu sabia que, por mais longe que fugisse, com quem ou para onde quer que fosse, um belo dia ele voltaria, de cansaço, sabendo que, em algum lugar, um corpo dócil de mulher, uma cama conhecida, uma boa refeição e uma vitrola com tangos novos o esperavam.

Está vendo, não tenho vergonha em dizer que, no meio disso tudo, eu contava com a preguiça, o cansaço e a avidez dele, talvez também, às vezes, com a vaidade dele, pois eu era uma mulher elegante — não? — que ficava bem de braço dado com um homem, nas noites de estreia, no teatro ou no restaurante.

Por isso, jamais me desesperei diante de nenhuma das escapulidas do Andrei, e nem fui atrás dele, convicta de que, mais cedo ou mais tarde, voltaria sozinho. Não digo que tenha sido fácil, especialmente no início. Quantas vezes não o esperei em vão à mesa depois de ele prometer atender ao meu convite, quantas vezes não fiquei em casa arrumada para sair, à noite, já tendo passado da hora do início do espetáculo, atenta à campainha e vendo o tempo passar, cinco minutos, mais cinco minutos, até compreender que não viria mais e então eu tirava a roupa, não indignada, mas triste por perder uma noite. E como era constrangedor dizer à empregada que eu almoçaria sozinha depois de avisá-la para colocar talheres para duas pessoas, ou que não sairia mais, depois que me vira, pouco antes, me arrumando para o teatro ou para passear. Você talvez não tenha conhecido essas pequenas misérias e não saiba que rastro de fadiga elas deixam, mas eu, que as vivi a cada dia, teria preferido a elas um grande golpe, uma grande dor, que ao menos nos atinge de frente, nos derruba ou revigora.

Nunca pedi explicações ao Andrei e o impedi sempre que as tentou me dar, pois eu sabia muito bem que nada poderia apagar a minha íntima sensação de dúvida, e o resto — fatos, argumentos, justificativas — pouco me importava. Ademais, o prazer em revê-lo era toda vez tão novo e vivo que tudo desaparecia, pelo menos durante a sua presença.

Você se lembra de quando nos encontramos, na primavera passada, na época das eleições gerais, certa manhã, na Calea Victoriei,[27] e você me disse que havia visto o Andrei pouco antes, preparando-se para partir no fim da tarde para Turda,[28] onde era candidato? Respondi-lhe apática, como se soubesse de tudo aquilo, como se a presença de Andrei em Bucareste e sua partida para Turda fossem óbvias. Na verdade, não sabia de nada e fazia um mês que não via o Andrei, desde quando me contara pela primeira vez da candidatura, que não aprovei, parecendo-me aquilo uma piada séria demais para ele.

Portanto, estava em Bucareste! Passeava pela rua, conversava com as pessoas, divertia-se... Invadiu-me uma saudade dele, uma saudade desencorajada, em que não havia censura nem revolta, mas apenas uma ideia tímida de poder vê-lo, ouvi-lo, apertar-lhe a mão.

À tarde, fui até a estação de trem e cheguei uma hora mais cedo, o que me deixou aflita, pois imaginei que, naquele meio-

27. Rua da Vitória, umas das principais artérias do centro de Bucareste. [N. T.]
28. Cidade na Transilvânia. [N. T.]

tempo, Andrei talvez passasse pela minha casa e não me encontrasse. Aguardei-o na plataforma, antes do primeiro vagão, para poder observar o trem inteiro, temendo não identificar o Andrei em meio à multidão apressada. Ele chegou tarde, poucos minutos antes da partida do trem e, quando me avistou de longe, estacou bruscamente, de espanto ou de medo, pois provavelmente previa um escândalo. Fiz-lhe um gesto breve com a mão, o que o incentivou a se aproximar, com uma alegria exagerada e obrigando-se a ser loquaz, o que era desnecessário, pois não queria dele outra coisa senão vê-lo. Foi cordial, afetuoso e — dependurado na escada do vagão — apertava efusivo a minha mão, sem largá-la, embora esperasse, de um momento para o outro, o apito da partida. Por um instante imaginei que ele talvez saltasse daquela escada, por milagre, e, com a mala numa mão e o meu braço na outra, se dirigisse comigo até a saída e me dissesse que ficaria em Bucareste aquela noite. Por um instante fui fulminada pela ideia de lhe pedir que ficasse; mas, por sorte, mordi os lábios, calei-me e sorri.

O trem partiu e Andrei, na escada, fazia movimentos espalhafatosos com o braço, até nos distanciarmos bastante, ele cintilante de satisfação e orgulho, eu hesitante diante de um grande vazio, sabendo apenas que não deveria chorar.

Aquele momento, talvez, resumiu tudo o que havia entre nós.

VI

É tarde demais — não é? — para arrependimentos e remorsos. Se Andrei não houvesse existido... Pois então, se Andrei não houvesse existido, confesso que não sei o que teria sido. Ele entrou tão completamente na minha existência, mobiliou-a com tantas coisas, como a uma casa abandonada, barricou com sua silhueta de boxeador tantas portas que poderiam dar acesso a outra coisa, a outras pessoas, a outros acontecimentos, de modo que, agora, ao imaginar que jamais houvesse existido, sou incapaz de ver ao meu redor algo além de um imenso vazio. Sinto que não teria me tornado tão exausta e que não traria comigo essa íntima sensação de desprendimento que me serve de escudo; no entanto, para além da ausência de Andrei, não consigo ver mais nada.

Tentei às vezes, noite passada inclusive, após a sua surpreendente declaração de ontem, tentei colocar ordem dentro de mim e julgar com frieza o meu amor por esse homem, que conheço o suficiente para não me iludir. Tenho um senso aguçado quanto ao que é ou não é pertinente, uma espécie de instinto básico de justiça entre as pessoas, e eu sempre achei que havia algo de inadequado na minha relação com o Andrei, que há em mim certas coisas que teriam desabrochado nas mãos de outra pessoa, tendências, não preciosas nem brilhantes, mas que talvez pudessem iluminar a vida do homem amado. Achei também que tudo isso seria pesado demais ou leve demais para o Andrei, que ele não teria o que fazer com isso e que, permanecendo ao lado dele, eu desperdiçaria de maneira estúpida um punhado de vida que talvez fosse necessária em outro lugar, para outra pessoa, e que isso desorganizaria o universo inteiro, pois, no frigir dos ovos, identificariam a falta dessa reserva extraviada de amor.

Infantil, não é mesmo? Nem tão infantil assim, contudo, se você entender que o assombro ante o fato de eu não ter desertado da minha verdadeira vocação realmente me atormenta e que, às vezes, com Andrei do meu lado, deixo-me de repente invadir pela ideia arrepiante de ser uma prisioneira e que, em algum lugar, não sei onde, de todo modo distante, muito distante, ainda está à minha espera uma outra existência, com outro homem, existência essa que interrompi sem saber, cinco anos atrás, naquela noite de agosto em que me tornei amante de Andrei por preguiça e leviandade.

Serei completamente sincera, e digo que tenho pensado em você. Não quero dizer besteiras, sobretudo agora, depois do que aconteceu ontem à noite, mas por que não te conheci seis meses antes de te conhecer? Tudo talvez tivesse sido diferente.

Você foi, para mim, talvez sem desconfiar disso, o único apoio com que eu contava. Gostava de sabê-lo fora da minha relação com o Andrei, fora de todas as nossas complicações comuns, porque assim eu sabia que, para além daquelas angústias e comédias, restava-me algo, um terreno neutro de vida, uma ilha pacífica, em cuja fronteira os temores, as suspeitas e as inseguranças se dissolviam. Eu me parabenizei por resistir à tentação de lhe contar tudo isso e fui grata por você jamais perguntar nada — justamente por isso impedi qualquer confusão entre o meu amor por Andrei e a minha amizade por você, que permanecem duas coisas alheias uma à outra, mas entre as quais, acredite, jamais pensei ter de escolher.

Por que você estragou o nosso acordo? Como as coisas entre nós agora se enrolam e se desajustam! Ontem à noite, tive a sensação de uma pequena catástrofe, e me perguntei, agitada, se havia alguma saída. Ainda hoje, ao começar a lhe escrever, senti-me desconcertada, sem saber muito bem o que lhe dizer, temendo me expressar de maneira equivocada e que você me entenda mal, temendo sobretudo que a ligação entre nós seja interrompida para sempre por esse acidente brutal, tão difícil de esclarecer, em meio a tantos sentimentos contraditórios, que me dividem e confundem.

Agora, no entanto, após ter lhe contado tanto — e, à medida que contava, comecei a enxergar com maior clareza —, creio poder lhe dizer, com toda a sinceridade, que nada está perdido: retomemos as coisas de onde você as deixou ontem à noite e esqueçamos o que se seguiu. Isso é possível. Escute o que digo, acredite em mim: isso é possível.

Deixe-me continuar com o Andrei, com quem tenho acertos, acordos e desavenças que não podem ser interrompidos em um dia, nem em dois, nem em um ano. Cheguei longe demais para voltar, estou cansada demais para sucumbir. Uma relação amorosa me parece algo tão complicado, uma engrenagem tão opressiva e minuciosa, que me é impossível desvencilhar-me das roldanas, interromper as ligações miúdas que me fixam, passar por cima do assédio de todos os detalhes a partir dos quais ela se desenvolveu e entre as quais eu me tranquei.

Há convenções físicas entre mim e Andrei, há preconceitos comuns, há hábitos, cujo gosto de paixão talvez eu tenha perdido ou esquecido, mas do qual não consigo me separar, pois sei que se tornaria um novo suplício caso o fizesse, exatamente como uma mão enferma que nos deixa em paz enquanto a mantemos imobilizada, mas que nos faz estremecer de dor no momento em que, desatentos, a tiramos do lugar. Tenho medo de me aproximar dessa ferida antiga que se chama amor, e sinto que é desmesuradamente melhor deixar os remorsos e as revoltas em paz, em suas profundas camadas anímicas, hoje calmas, porque, pelo menos aqui onde me encontro, sou uma velha conhecida delas e me sinto de certo modo em casa. No dia em que souber que o Andrei nunca mais vai bater à minha porta — com aquele seu ruído breve e dominador, que reconheço entre milhares —, vou me desorientar para sempre. Entenda e perdoe essa minha vulnerabilidade. Entenda, sobretudo, que aquilo que resta para além disso, entre nós dois, nossas longas conversas enquanto tomamos chá em casa, nossos passeios pelos salões de exposição, nossas discussões a respeito de uma pintura ou de um livro, as noites de concerto, os pequenos sinais de cumplicidade que trocamos em sociedade, quando, com uma troca de olhares, confirmamos estarmos de acordo quanto a um gesto ou a um fato, tudo isso realmente não constitui a coisa mais insignificante da minha existência e, talvez, nem da sua. É, na verdade, a única coisa que me reabilita diante de mim mesma e a única circunstância que me revela que o Andrei, na vida, não passa de um homem que errou de endereço e que bateu a uma porta desconhecida, equívoco que durou cinco anos e que vai durar mais cinco, sem deixar, porém, de ser um equívoco, algo pelo que não posso me responsabilizar e pelo que não tenho por que me arrepender.

Você vem segunda-feira, não vem?

# Arabela

I

RECUSEI hoje mais uma oferta. Espero que seja a última. J. K. L. Wood, correspondente e redator do *New York Herald*, me fitou com estupefação sincera, rasgou o cheque que havia agitado por meia hora em cima da mesa e me disse, ríspido: "Com todo o respeito, o senhor não sabe fazer negócio".

Não sei. Mas a ideia de que poderia contar, para uma revista ilustrada, uma história que me diz respeito me parece de um ridículo sem igual. Não me perdoam por ter sequestrado do mundo do espetáculo um número sensacionalista, *Arabela and partner*, acabara de me dizer J. K. L. Wood, número retribuído toda noite com 620 dólares, além das despesas de transporte. O público quer saber o verdadeiro motivo de eu ter recusado a retribuição e a cobertura daqueles custos. Ele quer saber onde se encontra Arabela e — se possível — por que Arabela me amou ou por que a amei eu.

Na gaveta da direita, guardo uma fotografia dela, do primeiro verão que passamos juntos. Deve ter sido no fim de agosto, em Talloires. (Precisaria, um dia, organizar meus papéis e, na medida do possível, datar as fotografias. Que memória detestável.) Estava usando um vestido azul, bem claro, com uma gola branca de liceu, só de sandálias nos pés, sem meias, de cabeça descoberta, sem o mínimo de pó de arroz, um pouco pálida, mas branca e relaxada sob o sol. Na fotografia, capturei-a com um braço erguido bruscamente na minha direção — gesto assustado que não era dela, pois queria, acho, me dizer para que eu esperasse um pouco antes de bater. Imagino essa decência, preconceito nem sentimentalismo: mas guardo para mim as coisas que são só minhas, e me parece que o gesto de surpresa tem, ainda hoje, o calor imediato de um grito.

É de surpreender como os dias em que algo definitivo acontece na vida não têm nada de diferente daqueles em que nada acontece. Nenhum sinal. Nenhum pressentimento. Naquela noite de novembro, encontramo-nos na place Pigalle com o adido de imprensa de uma legação aliada, com vistas a redigir juntos uma nota. Ele acabou não vindo. Irritou-me a ideia de voltar cedo para casa. Subi com ela até o Medrano.[29] Gosto do cheiro das arenas de circo, o vermelho violento das cortinas, atrás das quais se ouve o relincho dos cavalos que esperam a vez, o mau gosto das atendentes, o bigode clássico do cavaleiro-diretor e a multidão em derredor que dá risadas ensandecidas, fáceis. Prazer de um esteta desabusado. Prazer de todo modo.

Começara fazia tempo. Ao entrarmos, reinava o silêncio. O silêncio que, no circo, precede os números de salto mortal. Dei uma olhada na programação.

TRIO DARTIES
*Dikki et Miss Arabela*

De um lado e de outro da arena, bem alto, havia duas barras em que, como numa moldura, se balançavam dois atletas de vermelho. No centro, uma barra de madeira, amarrada com duas cordas ao teto do circo, oscilava solta, à espera. Na arena, uma espécie de palhaço careca indicava, com gestos exagerados, o que haveria de acontecer. Os dois atletas de vermelho deveriam saltar ao mesmo tempo, um da direita, o outro da esquerda, para a barra móvel do meio, apanhá-la cada um deles com uma única mão e, em seguida, com o mesmo movimento, saltar dali para as outras duas barras laterais, um para o lugar do outro. À altura de uns trinta metros, um salto duplo de grande extensão, sem rede.

29. Originalmente Circo Fernando, inaugurado em 1875. O Circo Medrano é, até hoje, um dos circos mais célebres de Paris. [N. T.]

ARABELA

Apagaram-se as luzes. Quatro refletores de cores diferentes atiravam fortes fachos para cima. Na direção dos atletas da direita e da esquerda, dois. Na direção da barra livre do meio, um refletor branco, que dava às oscilações por cima do circo um ar de fatalidade. O quarto refletor projetava mais para cima uma luz azul fraca, revelando ali uma presença que eu não notara: numa tela de seda, uma mulher. Morena, decorativa, de maiô prateado, com um bracelete de pedras grandes no pulso direito, de pernas cruzadas, dali ela fitava tudo com absoluta indiferença, apenas revelando, no canto esquerdo dos lábios, um sorriso casual.

Os tambores se precipitaram a bater. Ao meu redor, não se ouvia a respiração de ninguém. Em seguida, um golpe surdo de tímpano, um salto, quatro mãos agarrando a barra do centro, uma única oscilação e... pronto... A barra balançava de novo vazia por cima da arena profunda, os dois atletas sorriam, de um lado e de outro, lugares trocados, a mulher continuava olhando com o mesmo ar inseguro de ausência.

Um número medíocre. Foi o que achei na época, em que eu só julgava as coisas pelo meu gosto de diletante. É o que ainda acho, depois de tantas turnês exitosas. Um número medíocre. Com certeza interessante e perigoso, mas mal apresentado, com detalhes inúteis, uma cenografia de quermesse e não sei que expressão declamatória, que desprezo. Mais tarde, em minhas peregrinações pelas casas de espetáculo europeias, aprendi que virtuosismo e simplicidade são duas coisas idênticas. Foi o que me disse uma vez Rastelli,[30] em Hamburgo, onde por acaso estávamos nos apresentando, ele com suas bolas, tochas e balões, e eu com Arabela.

Mas voltemos. Na verdade, toda essa passagem deve ser suprimida. Hábito estúpido de cabotino, incapaz de esquecer o próprio ofício, e que fala dele sem parar. Voltemos então àquela noite de novembro, quando eu não passava de um especialista técnico do Ministério da Saúde da Romênia junto à Comissão Internacional de Cooperação Médica.

30. Enrico Rastelli (1896–1931) célebre malabarista italiano. [N. T.]

O número terminara. Os dois cavaleiros de vermelho agradeceram o público no meio da arena. Entre eles, surgiu um terceiro, também de vermelho, porém mais jovem e menos robusto, que até então ficara escondido não sei onde. Em torno deles, o palhaço careca descrevia amplos círculos, uma espécie de dança grotesca, sem nenhuma graça. Lá no alto, por cima de todos nós, a mulher da tela de seda fitava ao longe a fumaça de um cigarro imaginário. Movia levemente os pés, gesto imperceptível de bailarina em posição de descanso. Desceu mais tarde, quando os aplausos já haviam terminado por completo, por uma corda, trocando devagar, preguiçosa, as mãos, uma após outra, avançando para baixo, até o centro da arena, que atingiu com a ponta dos pés. Em seguida saiu, sem pressa e sem se curvar, dentre as duas fileiras de criados de *libré*.

Durante o intervalo, como de costume, fui aos bastidores ver os cavalos. Estavam sendo preparados para o espetáculo, em baias abertas, numa cocheira nos fundos. Cheiro de areia, estrume, sangue e perfume — cheiro desordenado, complicado, que só ali conheci e que mantenho na memória com acentuada precisão. Mulheres elegantes passavam de baia em baia para acariciar uma crina preta, para limpar os olhos sujos de um potro, para oferecer ao cavalo predileto o açúcar comprado na entrada.

Num canto, trepada na barra de madeira de uma baia, a mulher de roupa prateada conversava com um cavalo preto, com a mão fraternalmente por cima do pescoço dele. (Fazia-me lembrar a imagem de um antigo cartão-postal com felicitações, daqueles que se enviavam no passado, na época da minha infância, por ocasião do Ano-Novo, foto em que uma amazona e um focinho de cavalo se olhavam com ternura por debaixo de uma ferradura de flores). Mais tarde vim a saber que Miss Arabela não se encontrava ali, naquela noite, de bom grado, mas que era obrigada contratualmente a passear, durante o intervalo, pelos corredores, em traje de espetáculo, junto com os palhaços e ilusionistas, para conceder aos bastidores um ar de atividade flagrante. Isso costuma agradar ao espectador.

ARABELA

Aproximei-me dela ao acaso. Creio que ao acaso também, quero dizer, sem qualquer intenção precisa, ofereci-lhe um cigarro. Aceitou e, em seguida, ao se lembrar de que era proibido fumar ali, e como ambos permanecemos com o cigarro apagado na boca, ela me perguntou se eu não queria ir até seu camarim para fumarmos.

— Olha, é aqui perto. Primeira porta à esquerda.

Acompanhei-a, surpreso com a simplicidade da proposta. Falara comigo como a um velho conhecido, com um misto de indiferença e amizade que, na verdade, era o seu jeito natural de ser, mas que naquela altura — pois não a conhecia — me pareceu dirigido a mim.

Teve início a segunda parte da programação, mas não era nada interessante, pelo menos os primeiros números, e me atraía a ideia de trocar algumas palavras com aquela mulher de roupa prateada, em seu ambiente de cabotina. Havia algo de cinematográfico naquele encontro.

No entanto, na soleira, hesitei. Quando a porta se abriu, notei, surpreso e desapontado, que não estávamos sozinhos, e que os quatro parceiros da mulher haviam ocupado antes o camarim, cada um num canto, trombudos, preocupados com a roupagem complicada e perfeitamente desinteressados por nós. Entrei embaraçado, sem saber se devia cumprimentar ou não, sobretudo desconcertado com aquele silêncio hostil. Trocavam-se carrancudos, mudos, sem pressa, tirando sem pudor as calças ou a camisa e atirando um ao outro, de vez em quando, por cima das nossas cabeças, uma toalha, um pente ou uma calçadeira. Só o mais jovem, o garoto franzino que eu só vira na arena no fim do número, ergueu a cabeça por cima da bacia em que se lavava nu até a cintura e me fitou por um instante.

— Beb — chamou-o a mulher.

Em seguida, ela me fez sinal para ir até a sua penteadeira. Acendeu meu cigarro e depois acendeu o dela com o meu.

Pôs-se a desabotoar o sutiã, mas desistiu, irritada por não poder fumar sossegada, ficando com o dorso nu e um seio

MULHERES

descoberto pela metade debaixo da roupa colada, que não permitia que ele deslizasse. Fumava canhestra, o que me surpreendeu e me fez comentar.

— Por que você segura o cigarro entre o polegar e o indicador?

— Não sei. Parece que me acostumei assim.

Permanecíamos os dois calados. Não sabia o que lhe dizer, e me sentia contrariado por tê-la acompanhado, pois eu desempenhava um papel ridículo entre aqueles quatro homens que continuavam ocupados ao meu redor, como se eu nem existisse.

— Seu número é muito interessante — disse finalmente, detendo-me nessa superficialidade; contente, no entanto, por encontrar algo a dizer, pondo fim àquele silêncio constrangedor.

— Interessante? Não sei. Cansativo. Não é mesmo, Beb? Cansativo.

Levou as mãos à nuca e se pôs a balançar a cabeça entre os braços roliços.

— E eu não faço nada. Fico olhando lá de cima como eles trabalham. Mas as luzes, toda aquela aparelhagem mal parafusada, o público que dá risada... Se você soubesse como tudo isso incomoda...

Havia um tom de enorme exaustão em sua voz, e aquelas poucas palavras enunciadas, entrecortadas por longos silêncios, com o olhar acompanhando o fiapo de fumaça do cigarro, me comoveram pela simplicidade.

Enquanto isso, os homens haviam terminado de se vestir e, então, aconteceu algo tão inesperado que, se eu não me sentisse tão inibido, acho que teria irrompido em gargalhadas. Os quatro se enfileiraram diante de Arabela e, um por vez, se aproximaram, detendo-se com certa timidez, à distância de um passo dela. Ela analisou cada um à parte, atenta, verificando autoritária os trajes e emitindo observações detalhadas.

— Você, troque de gola amanhã. Já disse que não se usa a mesma gola dois dias seguidos.

— E você, por que não engraxou as botas? Por que está com o chapéu na nuca?

Eles ouviam os comentários como alunos intimidados, com sorrisos embaraçados de criança que reconhece o erro e lança um olhar de quem promete se corrigir. Com os dois primeiros ela terminou rápido (eram os dois atletas de vermelho, que haviam executado o salto mortal). Ordenou a um deles que enfiasse o lenço no bolso, pois estava muito para fora da roupa e, para o outro, apontou uma leve mancha na lapela.

— Amanhã eu não quero ver isso.

Abriu uma gaveta e tirou um maço de dinheiro, que distribuiu entre todos, cada um recebendo em silêncio o que lhe cabia, sem verificar, saindo em seguida com um cumprimento canhestro.

Mais complicado foi com Dikki, o palhaço careca, pobre homem de rosto chupado por causa da maquiagem, com cuja roupa Arabela perdeu mais tempo e que, ao receber o dinheiro, reclamou um suplemento, recusado incisivamente pela mulher.

— Melhor você ir embora. Chegue mais cedo em casa e não beba; está entendendo? E você, Beb, espere aí. Olha, está faltando um botão no seu casaco.

O rapaz ficou ao lado da porta. Arabela coseu o botão enquanto ele a fitava com um enternecimento que me pareceu cômico pela circunstância e por serem todos marmanjos.

Tudo isso se deu de maneira tão inesperada que, ao ficar finalmente a sós com Arabela, não soube mais o que dizer. Embora a cena de família à que assistira devesse me divertir, senti que me comovera, pela auréola de ditador daquela jovem mulher, pela sujeição infantil de seus colegas, pelo respeito atemorizado deles, pela sua condescendência irônica e imperativa em relação a todos. Mais jovem que eles — no máximo da mesma idade —, ela se comportava como uma irmã mais velha, e seu ar maternal me pareceu zombeteiro naquele rosto de adolescente exausta.

— Você não quer voltar para o circo? — perguntou-me finalmente. — Vale a pena ver o número de equitação. É bom.

Respondi num diapasão completamente diferente, lançando-lhe uma pergunta repentina.

— Você gosta dessa vida?

— Que vida?

— Essa que você leva.

— Que perguntas você faz...

Desamarrou com cuidado o cadarço dos sapatos brancos de trabalho e se pôs a preparar meticulosamente as meias, o vestido, o pó de arroz, com tanta seriedade que aquela operação parecia ser o seu rito mais importante. Não me pediu para olhar para o outro lado, apagar a luz ou sair. Trocou-se na minha frente, com uma completa falta de pudor, mas havia na indiferença de seus movimentos algo inexplicavelmente casto, algo que paralisava em mim qualquer segunda intenção.

— Se você quiser — disse-lhe —, vamos em algum lugar aqui perto beber alguma coisa juntos e bater papo.

— Com prazer, mas é uma pena que você perca o espetáculo.

Saímos. Caía uma chuva miúda, chuva noturna, em que tudo parece molhado, a luz dos lampiões, a luz das vitrines, as paredes das casas subitamente incendiadas pelos faróis de um automóvel que passa. De longe, o letreiro luminoso de uma cafeteria piscava convidativo, e me alegrei de antemão com a lufada de calor e burburinho surdo que haveria de nos receber à entrada.

Assim é a noitada nas cafeterias parisienses, em novembro, quando a meia-noite nos flagra diante de uma garrafa vazia, afogados em vagalhões de fumaça permeada pelo vozerio das pessoas, pelo ruído dos dados, pelo som da moeda no zinco, e tudo isso chega distante, impenetrável e consolador até nós, num rumor que nos assegura de não estarmos sozinhos naquele fim de outono. Como é boa a companhia da gente desconhecida, todos são amigos e confidentes na noite que nos une, entre espelhos embaçados, entre mesas verdes de sinuca, entre grandes vidraças enfeitadas por gotas da chuva do lado de fora que, deslizantes, desenham mapas e continentes efêmeros. Tudo é anônimo e familiar nessa cafeteria de bairro, como num trem, como num salão de navio, e a sensação de nunca mais podermos reconhecer esses rostos amistosos que nos circundam, não sei por quê, nos enche de uma vontade de confidenciar os mais ocultos segredos ao primeiro companheiro de mesa.

Naquela noite, escutei tudo o que Arabela tinha para contar, sem me surpreender e sem fazer perguntas, deixando-a livre para falar sobre o que quisesse.

— Foi um suíço, diretor de cabaré perto de Montreux, que me fez subir a primeira vez naquela tela branca que você viu no circo. Disse que não empregaria os garotos se eu também não me apresentasse. "Mas ela não sabe fazer nada", disse Dikki. "Não faz mal", retrucou. "Basta ficar ali junto com vocês, visível para o público — sem mulher não dá certo."

No final, o número ficou assim e não mudamos mais. Ando com eles, cuido deles, pois os quatro são uns cabeças de vento, e nos apresentamos juntos à noite. Nos apresentamos... Você viu como. Dikki é um beberrão, Beb fuma, Jef anda atrás de mulher e Sam não anda atrás de nada. (São ridículos com esses nomes, mas me acostumei a chamá-los assim e eles também só me chamam de Arabela). Se não fosse eu para os controlar... Um é meu irmão, um é meu amigo, e o outro nem sei mais o que é. Habituei-me a eles e de todo modo é melhor assim do que sem eles. Ou dá na mesma. Só às vezes um tédio me toma e não consigo mais entender o que é que estou fazendo lá em cima, naquelas cordas, onde não faço nada além de esperar que o nosso número termine.

Em geral não fumo, mas não costumo recusar nada — pois nem costumo receber nada —, de modo que aceitei o seu cigarro. Espero que não se incomode.

Deixei-a falar por muito tempo. Hoje não me lembro mais de tudo o que me contou. Banalidades, acontecimentos triviais, reflexões, perguntas, recordações — tudo narrado de maneira indiferente, com o mesmo tom de voz, comedida e desprovida de brilho nos olhos, o que demonstrava quão pouca importância tinham todas aquelas coisas, e eu ouvia tudo aquilo, por ela, e ela falava, provavelmente por cansaço.

Saímos tarde dali, eram quase duas da manhã. As estações de metrô já haviam fechado fazia muito tempo e não havia nenhum táxi à vista.

Propus que fôssemos para minha casa.

— Impossível.

— Não, é possível, sim. Só para dormir, não para outra coisa. É mais simples, e fica mais perto.

Refletiu um pouco; via-se com clareza que não era uma questão de pudor, mas de comodidade. No final das contas, deve ter concluído que de fato seria mais simples.

— Tá bom.

Subimos até o terceiro andar de um hotel das proximidades, onde eu estava morando, e, visto que só tinha uma cama, disse-lhe que eu iria dormir no cômodo ao lado, numa poltrona. E o disse de boa-fé.

— Não — respondeu ela. — Você vai dormir na cama também. É grande o bastante para nós dois e não é impossível que nos entendamos bem.

Aceitei porque, para mim, dava na mesma, e não seria a primeira vez que eu dormiria com uma mulher apenas como amigo, por camaradagem, pois não raro, depois de uma festa, calhava de me acompanharem até em cima vários amigos e amigas, e acabávamos dormindo como dava.

Quando apaguei a luz, e depois de reconhecer o calor do travesseiro, a respiração da mulher ao meu lado, fraca e contendo não sei que íntima tristeza, me pareceu tão antiga e familiar e, ao rumor surdo da chuva, que ainda se ouvia da rua, a pulsação de seu corpo era tão próxima, que peguei as suas mãos e as enrolei no meu pescoço, feliz por tê-la ao meu lado.

Ela se entregou fácil, sem censurar a minha arremetida, mas também sem se entusiasmar, submissa e absurdamente tranquila. Tinha um gosto de miolo de pão, e essa sensação, que ainda trago dentro de mim, é a única certeza que me ficou de Arabela, hoje, depois de tantos anos de vida em comum e outros tantos desde a nossa separação.

Ao se soltar dos meus braços, ela se virou para o lado da janela e adormeceu na hora, profundamente.

Disse-me apenas que estava cansada.

## II

JAMAIS tentei explicar a ninguém como é que Arabela ficou comigo e como é que fui aceitar — eu, tão obstinado no meu anseio por liberdade — uma tal complicação repleta de tantas consequências.

Tudo foi tão simples e espontâneo que tenho certeza de que qualquer explicação seria falsa.

Arabela ficou por preguiça. Assim como veio.

— Que tal — disse-lhe no dia seguinte — se você ficar aqui e abandonar a turnê?

— Sei lá. Vamos tentar.

À noite, encontrei-a no meu quarto, instalada com simplicidade. Trouxera uma malinha e alguns objetos de toalete: sua bagagem toda. Perguntei como havia se resolvido com os colegas.

— Foram embora.

— Foi difícil?

— Não. Dei-lhes as contas e foram embora. De qualquer modo, eu não fazia nada.

Minha situação devia ser embaraçosa diante daquela mulher, que conhecera fazia apenas um dia e que, por causa de umas palavras ditas ao acaso, abandonou uma existência e, de certo modo, uma carreira, para se instalar na vida de um homem desconhecido, com quem nada tinha em comum. Mas como explicar a sensação de tranquilidade que tive desde aquele primeiro momento, o ar familiar que Arabela trazia para o meu quarto, o timbre de recordações comuns que eu pressentia nos seus passos pela casa?

Tinha o talento de abrir exatamente a devida gaveta, de encontrar as coisas em seus devidos lugares, de acender a luz

MULHERES

sem me perguntar onde está o interruptor, de recolocar um livro na prateleira certa. Encontrava tudo, sozinha, por instinto. Por vocação, provavelmente.

Saímos para comer juntos, em seguida fomos ao cinematógrafo do bairro e voltamos tarde da noite, sem pressa, pelo menos da minha parte, pois, embora gostasse do calor de seu braço e imaginasse com prazer que, dentro em pouco, a teria toda nua do meu lado, na cama, aquela sensação me parecia familiar, tudo permeado por um gosto de amor antigo e paixão tranquila, como se entre mim e ela houvesse longos anos de entendimento físico.

Fui inquieto e rabugento a vida toda, rebelde sempre que uma mulher tentasse me prender, exclusivamente preocupado com minha liberdade, solteiro predestinado, e até então não compreendera como seria possível viver a dois, a simples ideia de reencontrar toda noite o mesmo corpo, com os mesmos frêmitos, parecendo absurda para mim, que desejei o tempo todo surpresas e acordes passageiros.

Que milagre fizera com que Arabela derrotasse, desde o primeiro instante, minha vocação de vagabundo no amor e conseguisse me segurar? Poderia arriscar uma explicação caso me esforçasse. Mas por que convocar a psicologia para esclarecer algo tão natural e que eu aceitara voluntariamente? Não, não. Arabela daria risadas se lesse.

Tudo o que lembro é que cheirava bem. Tinha um aroma desbotado de perfume que, aquecido pelo sangue, dava-lhe um gosto todo pessoal, uma nuance de cheiro de animal, evocativo da noite. Era incrível como a água de colônia, química e inexpressiva, se transformava nas suas rendas num aroma tão envolvente e rarefeito, como se fizesse parte de sua respiração.

— *Que tu sens bon*[31] — dizia-lhe com sinceridade, quando queria lhe dizer o quanto a amava e teria dificuldade em traduzir isso para o romeno. Creio que soaria ridículo.

---

31. Em tradução livre, "Que você cheira bem". [N. E.]

À noite, quando voltava do trabalho, de longe eu já estremecia à lembrança daquele aroma que me preenchia a boca e as narinas, como um perfume quente de castanhas cozidas, e subia as escadas apressado como um adolescente até chegar em casa e poder apertá-la nos meus braços e grudar nossas faces uma à outra.

Não tive muitas mulheres na minha vida. Suficientes, de qualquer modo. Tantas quantas um homem comumente feio pode ter quando é gentil e quando sabe, às vezes, insistir. Não me gabo, pois sei que um amigo meu, mais alto do que eu, mais moreno e com um rosto mais aprazível, teve dez vezes mais "aventuras". De todo modo, jamais encontrei uma mulher — e algumas delas até mesmo amei —, jamais, que me desse aquela sensação de volúpia calma que eu encontrava nos braços de Arabela, sorvendo o seu cheiro de carne jovem, distendida na preguiça e indiferença.

Pois Arabela não era uma mulher passional. Quando teve início o que chamaram de "meu declínio", ou seja, quando o ministério na Romênia me comunicou que eu havia sido demitido, sei que meus amigos mais próximos lamentaram minha sorte, preocupados, anunciando por toda parte que eu havia sido vítima de uma mulher fatal. Eu dava risada enquanto olhava para aquela minha mulher fatal, com seus vestidos bem-comportados sempre de uma cor áspera e quente, andando para lá e para cá pelo aposento como uma genuína dona de casa, arrumando as coisas ou me trazendo um livro que eu extraviara. Havia nela algo de tão conjugal e maternal (aquele seu ar sério da noite em que a conheci, o cenho franzido, que ela ora ostentava para cuidar de mim, do mesmo modo como cuidou de Beb ou Dikki), de modo que a ideia de que alguém pudesse tomar Arabela por uma heroína sombria de romance me fazia gargalhar como uma criança.

— O que foi, Ştefan? Por que está rindo?

— Nada, moça bonita. Gosto de te olhar.

— Você não é sério. Nada sério.

Não. Não era sério. No dia em que terminassem os trabalhos preliminares da comissão internacional, à qual fora enviado como especialista médico do Ministério da Saúde Pública, eu deveria retornar à Romênia e apresentar meu relatório, o correto seria eu retornar. Inclusive foi o que Arabela me aconselhou a fazer.

Não fui capaz. Não que eu tivesse me sentido um desgraçado, não que sem ela eu não pudesse mais viver, não que a despedida fosse imensamente difícil. Nada disso. No entanto, não fui embora. Largá-la, largar a sua proximidade, seu corpo roliço, um pouco roliço demais, para dizer a verdade, mas tão quente e tão familiar, esquecer aqueles dois braços tranquilos, que eu desenhava com os lábios noite após noite, dos ombros até o pulso — isso realmente me parecia um esforço demasiado complexo. Por outro lado, levá-la comigo eu não podia, por diversas razões (entre as quais estava também certa covardia, pois teria dificuldade em aparecer com Arabela em Bucareste, onde me aguardavam inúmeros amigos honrados e em especial uma mulher — Maria — que eu amara inutilmente no passado, mas que eu apreciava e ainda aprecio, justamente por nunca ter logrado ultrapassar, com ela, uma afeição cuidadosamente controlada por ambas as partes).

Ir embora dali — que chateação! Simplesmente fiquei, sem nada de heroico na decisão, assim como no passado, na época do liceu, me aconteceu algumas vezes, em certas manhãs de inverno, despertar bem cedo, olhar sobressaltado para o relógio e, em seguida, após uma breve hesitação, enfiar a cabeça debaixo da coberta, decidindo feliz: hoje não vou para a escola.

Portanto, decidi, na manhã daquele dia de janeiro, não ir de novo para a escola: deixei a valise diplomática para Bucareste esperando e, enquanto fitava pelas janelas do nosso quarto trinta centímetros de céu parisiense nublado, disse a Arabela que ficaria.

As sanções chegaram rápido. Em primeiro lugar, uma advertência por negligência grave no trabalho. Em seguida, a demissão. Se não fui processado nem punido mais seriamente, foi porque, naquele meio-tempo, Andrei Giorgian, amigo meu, que fora no passado deputado por Turda, mais por diletantismo, se tornara um importante subsecretário de Estado no Ministério dos Negócios Estrangeiros, e parece ter intercedido a meu favor.

ARABELA

Ademais, Andrei me mandou uma carta pessoal (lembro-me de ter achado muito engraçado o fato de ter sido datilografada, e ainda por cima escrita em papel timbrado do ministério), chamando seriamente minha atenção ao meu gesto de leviandade.

No *postscriptum*, anunciou-me estar se casando oficialmente com Maria (com quem, aliás, vivera muito tempo junto, a mesma Maria a quem, alguns anos atrás, durante um baile, fiz confidências inábeis, das quais até hoje me arrependo). Não entendi, porém, aquele *postscriptum*, pois o casamento havia sido anunciado nos jornais e eu o parabenizara por escrito.

Recebi com indiferença todas as censuras e pedidos insistentes de retorno à ordem. Não por querer provocar ou afrontar alguém. Não. Mas porque não tinha o que dizer e, sobretudo, não tinha como falar de Arabela, da felicidade comedida que eu encontrara em nosso amor, da volúpia lenta, ordenada e límpida de nossas noites na rue Tholozé. Era engraçado notar que, aos olhos dos outros, eu era vítima daquela moça morena que, nos seus instantes de paixão mais acentuada, sorria do mesmo jeito que sorria no passado, lá de cima, na tela de seda, exausta e ausente.

III

As coisas correram muito bem enquanto eu tinha dinheiro. Por uns quatro meses. Ainda contava, numa conta bancária dos bons tempos, com quase trinta mil francos. O bastante para não me preocupar no início. Por enquanto tinha com que viver — e, além disso, mesmo se fosse um verdadeiro boêmio, nada mais me interessava.

Dos primeiros meses do meu amor por Arabela praticamente não guardo recordações. Vejo uma Arabela bem-comportada, monótona e caseira, deixando-me ir durante o dia aonde eu quisesse, esperando-me em casa, dócil, aninhando-se ao meu braço quando saíamos juntos, estendendo-se de noite na cama como um gato branco, ronronando quando lá fora fazia frio e do lado de dentro fazia calor, e eu me aproximava dela para a beijar.

Esquecera-me de que tinha uma profissão, esquecera-me de que deveria trabalhar e voltei a ser, de certo modo, o estudante destrambelhado de outrora, que abandonava as aulas de anatomia do primeiro ano para ir aos concertos da orquestra Colonne. Dessa vez encontrei outra ocupação: de manhã ia passear no Louvre e, à tarde, na Biblioteca Nacional, sempre na mesma poltrona — 118 — e debaixo da mesma lâmpada com globo verde, lia *Vidas dos artistas*, de Vasari.

Era grato a Arabela por me ter tirado, involuntariamente, do caminho de um destino razoável e de ter feito daquele senhor sério que conheceu numa noite de novembro um indivíduo que esquece ser médico especialista diplomata, para voltar a ser o que sempre quisera: um jovem.

No verão, viajamos para Talloires, onde nos hospedamos numa pousada muito barata, mas de ambiente refinado (um deleite para o gosto burguês de Arabela), e lá desempenhamos, despretensiosamente, o papel de "jovens recém-casados felizes", na companhia de gente decente e fofoqueira. Arabela cintilava de orgulho em meio às amigas da pousada, todas elas esposas criteriosas, e como lhe caía bem dessa vez a aura de "mulher casada", ela que durante tantos anos perambulara por um universo duvidoso e agitado. Sentia-me realmente contente por ter concedido àquela mulher a única volúpia para a qual provavelmente fora predestinada: a ilusão do amor legítimo. E me alegrava ao ver como Arabela aos poucos perdia a sombra de dúvida — ou talvez de pânico — que algumas vezes cobriu, no passado, o seu sorriso.

Aqueles meses idílicos terminaram subitamente com nosso retorno a Paris, quando, ao calcular o dinheiro que ainda restava, descobri que só restavam seis mil francos.

— Preciso fazer alguma coisa — disse a ela, dando de ombros, embaraçado.

— Precisamos fazer alguma coisa — corrigiu-me.

À noite, ao chegar em casa, encontrei-a bem-disposta, não muito, é verdade (pois as coisas estavam realmente difíceis), mas, de qualquer modo, corajosa e sobretudo decidida quanto ao que deveríamos fazer.

— Ouça, Ştefan, seis mil francos é muito dinheiro. Você não tem como saber disso. Serão o bastante por pelo menos cinco meses. Acabei de dizer ao porteiro que, a partir do dia 15, o apartamento estará disponível. Vamos nos mudar para outro bairro, de preferência na margem esquerda, na direção de Porte d'Orléans ou Porte de Versailles. Naquela zona há quartos baratos e, com algo entre cento e cinquenta e duzentos francos, com certeza encontraremos um bom, mesmo se for num andar mais alto. Jantaremos em casa, cuido eu disso. No almoço, podemos comer bem num pequeno restaurante, você vai ver. Passaremos mais tempo em casa e, quando sairmos... pois então, quando sairmos, parece que existe um bilhete de segunda classe no metrô, não é?

— *Huh*, por quarenta e cinco centavos.

— Não fale assim: você não sabe o que significam quarenta e cinco centavos. Ah... quase esquecia: tente fumar Gauloises. São mais baratos e têm gosto melhor.

— Ou seja, pobreza... — concluí, com um suspiro propositadamente exagerado para esconder minha real preocupação.

— Pobreza, não. Certeza. Por cinco meses, apenas, mas certeza de todo modo. Depois... então, depois, veremos.

Arabela voltara a ser aquela mulher atenta e controladora que eu conhecera na primeira noite, no camarim do Medrano, passando em revista os colegas e distribuindo ordens, que acatavam submissos.

Em dez dias, havíamos nos mudado. Arabela cuidara de tudo — negociações, pagamentos, discussões, chateações — enquanto eu, depois de alguns dias em pânico ("o que fazer?... o que fazer?"), retomei meus passeios metódicos pelos bairros parisienses, com raras visitas a galerias de pintura ou livrarias, retornando ao entardecer para casa, exausto, porém com uma calma indescritível por saber que alguém tratava por mim das "dificuldades da vida" — assim como dizia Arabela, quando conversávamos a sério entre nós.

Nossa nova residência era um quartinho no sexto andar — último — num conjunto de casas escuras, com paredes revestidas pessimamente, num pátio imenso, com plantas malcuidadas e inúmeras crianças. Próximo à Porte de Versailles. Não me lembro de um único dia em que eu não tivesse visto roupas estendidas nas janelas, para secar debaixo de um sol presumido, uma vez que jamais era visível, devido aos beirais unidos dos telhados. Todo dia, na mesma hora, ouvia-se um fonógrafo tocando discos antigos — uma voz rouca, teimosa, que se ocultava não sei em que andar, pois nunca consegui localizar. Para chegar em casa, tínhamos que subir uma escadaria complicada, e eu parava umas cinco vezes, diante de portas diferentes, sobre as quais podia ler os mesmos cartões de visita boêmios: Alexandre Merenski, pintor artístico; Theodor van Haas, tenor; Marcel Charde, pintor paisagista. Só pintores, poetas e cantores — gente duvidosa, que atraía pobreza, e em meio à qual eu me sentia estrangeiro, eu, que jamais tivera nada em comum com a arte e que, além de um apreço muito relativo por livros, não reconhecia em mim nenhuma vocação.

No entanto... Esquecia o bairro e os vizinhos, as paredes multicoloridas da casa, o pátio adornado com ceroulas úmidas esvoaçando ao vento nas janelas, a escadaria coberta de bolor e cartões de visita artísticos, esquecia tudo isso e tudo mais ao abrir a porta e entrar no nosso quarto do sexto andar, quarto que o gênio doméstico de Arabela transformara num ambiente de ordem extrema e leve graça, desde a cor da madeira passada na plaina da mobília até as flores frias de inverno que nunca faltaram na nossa mesa, nem mesmo nos dias em que não havia dinheiro para o pão! Deveria dar risada à memória da beleza demasiado honesta daquele quarto, presidido pelo avental branco de dona de casa que Arabela usava com vago orgulho — mas, se não dou risada, é porque sempre fui uma criatura desprovida de bom gosto e, em segundo lugar, porque ali, naquele quarto, ficou algo de que não se ri.

Rapidamente fizemos conhecidos no bairro. Arabela se concentrou em especial nos nossos fornecedores, prevendo tempos mais difíceis. Cultivou-os com assiduidade e gentileza. Dava-se muito bem com a vendedora da leiteria Maggi da esquina, cumprimentava cordialmente o açougueiro, perguntava das crianças do padeiro, que estavam sempre doentes e a quem Arabela propunha diversos tratamentos. Graças a tais relações tão úteis, obtivemos certo prestígio entre os vizinhos e lembro-me de que Arabela se sentiu quase orgulhosa, certo dia, ao ficar sabendo pelo padeiro, quem lhe segredara uma semana antes, que o preço do pão diminuiria de 2,40 para 2,35. Não lembro se eu também não me envaideci com o fato, que, de qualquer modo, fazia de nós, em certa medida, uma espécie de sumidade no bairro.

Ao anoitecer, quando passávamos vindo da praça Vaugirard rumo à nossa casa, em geral de braços dados, pois nos amávamos e fazia frio, nossos amigos nos lançavam sorrisos desde os seus negócios e não raro ouvíamos em derredor sussurros cúmplices: *Voilà le jeune ménage du sixième qui passe.*[32] O jovem casal do sexto andar éramos nós, e esse apelido, se a mim não incomodava, era uma verdadeira felicidade para Arabela, como se confirmasse tudo o que havia de respeitável na nossa situação.

Parávamos no meio do caminho para negociar o jantar e sempre me admirava com a capacidade deles de criar, a cada vez, com pouco dinheiro e ingredientes não muito variados, uma refeição nova e uma pequena surpresa. Tentei várias vezes organizar um almoço semelhante e jamais consegui, o que — por mais que soe infantil — me deixa desconsolado. Por vezes me ocorre pensar em Paris, e sonho em retornar, rever-me de volta àquelas ruas que amo tanto que a lembrança delas me emociona como a lembrança de gente, mas preciso confessar a seguinte besteira: a primeira coisa que eu adoraria fazer seria entrar numa salsicharia e pedir um pedaço de *céleri rémoulade* a 1 franco e 25 centavos. Aqui, na Romênia, expliquei a todos os meus senhorios essa receita, mas, apesar dos experimentos empreendidos, o salsão com molho de mostarda que me era servido está muito longe daquele

32. Em tradução livre, "Aqui está o jovem casal do sexto que está passando". [N. E.]

*céleri rémoulade* picante, perfumado e revigorante que fazia a alegria das nossas refeições naquele quartinho de sexto andar na rue D'Alésia, sob o olhar de Arabela, que compreendia todas as glutonarias, mais ainda quando eram tão inocentes e baratas.

Ela, que até onde sei não nutria nenhum tipo de vaidade, reagindo aos elogios que recebia no circo com um erguer de ombros cansado e, mais tarde, ao atingir a glória, respondendo com não sei que sorriso perplexo às críticas entusiastas, pois então, ela, tão indiferente e simples, corava de orgulho, como uma criança, quando eu lhe dizia que gostava da comida ou que o molho era bem-feito. Naquelas noites, seu amor se redobrava e, ao nos deitarmos, sentia-a mais emocionada e mais grata que de costume, se comparado a seu temperamento de moça jovem, saudável e comedida. Eram suas volúpias íntimas de dona de casa, pobre casa que mal se mantinha de pé com o resto de um dinheiro prestes a acabar, apesar do mais severo controle. Deixara todas as contas nas mãos de Arabela e só tinha no bolso uns tostões que ela me dava para comprar cigarro, pois, mesmo quando calhava de eu arranjar algum dinheiro — um empréstimo, um livro vendido, um relógio penhorado —, eu passava tudo para ela, que, com sangue frio, lutava contra a pobreza, as dívidas e os fornecedores, saindo vitoriosa com dificuldade cada vez maior.

Nada pesava mais sobre nossos ombros do que o aluguel não pago e, se hoje me lembro com certa nostalgia dos dias de fome, das caminhadas forçadas a pé por não podermos comprar passagens de ônibus, e das roupas puídas, quando penso naqueles cento e setenta e cinco francos mensais que não tínhamos para pagar ao senhorio, estremeço de aflição e lamento não conseguir afastar definitivamente da memória esse capítulo. As manhãs de inverno, quando tínhamos de descer as escadas na ponta dos pés para que ninguém nos flagrasse! As altas horas da noite, quando rodeávamos o edifício várias vezes, até passar da meia-noite, esperando que a luz da cabine do porteiro se apagasse para podermos subir, segurando a respiração e colados à parede, seis andares — um, mais um, mais um —, estremecendo diante da ideia de que, a qualquer momento, alguém pudesse nos chamar e desviar do nosso caminho rumo à salvação. A salvação era a porta do topo da escadaria, porta que batíamos atrás de nós com um suspiro de alívio, trancando-a com duas voltas da chave e apoiando-nos nela como no portão de uma cidadela arduamente conquistada.

Tinha início então uma longa noite, cheia de paz e olvido, em que mergulhávamos com a esperança de que não mais acabaria, num lento enlace que passava gradualmente do beijo ao orgasmo, até o sono chegar e cobrir o nosso cansaço de pobreza e amor.

A cabeça de Arabela pendia pesada sobre o meu ombro. Gostava de olhar, no escuro, os reflexos de carvão do seu cabelo.

## IV

ESTÁVAMOS em pleno inverno quando fomos obrigados a pensar seriamente numa solução — eu, aflito e ineficaz, Arabela, calma e prática.

— É possível que eu chegue mais tarde hoje à noite — disse-me certo dia. — Espere por mim na praça, do outro lado do correio, entre sete e oito. Vamos ver...

Retornou à noite com algo mísero e incerto: um trabalho de acrobata, numa espécie de teatro-cabaré, na periferia. Vinte e dois francos por noite.

— Muito bem, Arabela, você quer retomar isso?

— Não quero retomar nada. E muito menos "isso". Quero que paguemos o aluguel.

Voltava a "isso" sem desgosto ou revolta, com a simples consciência de que devia trabalhar e ganhar dinheiro. Para ela, não havia problemas ou hesitações.

— Preciso, você quer o quê?

Com base no mesmo raciocínio simples, um mês depois ela haveria de me pedir que a acompanhasse no teatro para fazermos um dueto.

MULHERES

Coisas perfeitamente absurdas, ditas num tom simples como o de Arabela, se tornam tão naturais que, apesar da incoerência, aceitamos sem discussão.

— Sabe, a partir da semana que vem vai haver alteração no programa. Vou acabar com a acrobacia e começo com a dança. Uma dança apache. Precisamos de um acordeonista e parece que você sabia tocar piano.

Concordei. Se eu fosse explicar para alguém que me conhece, só conseguiria dizer besteiras e a pessoa com certeza não entenderia nada. Concordei.

Oh, noites de Montrouge, naquele cabaré — meio teatro, meio salão de baile — em que eu tocava acordeão em tons difusos, acompanhando a dança de Arabela, cômica pela falta de desenvoltura (pois jamais fora dançarina), mas elegante pelos movimentos instintivos do corpo, que sabia obedecer bem a uma melodia! Do lado de fora ficava a outra vida, da qual partira como um alucinado, mas à qual podia retornar a qualquer momento, ao preço de um pequeno esforço — mas a sensação de fuga voluntária me fazia amar dez vezes mais o destino que encontrara entre aquelas mesas de fregueses entusiasmados e copos compridos com hortelã verde. Definitivamente, gostava da minha nova carreira e, por vezes, quando fazia sucesso e me pediam para repetir uma música, acompanhado pelas vozes de todos os bêbados presentes, atravessava-me um leve calafrio de orgulho, que em mim provavelmente anunciava o surgimento do cabotino.

Dali fomos nos apresentar em outros lugares, nos cinematógrafos de bairro ou em bailes *musette*, e modificávamos algumas vezes o "gênero" conforme as exigências do programa: hoje como locutor de Arabela num número de acrobacia leve, amanhã a acompanhando ao piano numa dança ou, caso necessário, realizando alguns passos junto com ela, quando a dança exigia parceiro.

Coincidíramos com uma temporada admirável aquele ano, em que introduziam, nas avenidas, as primeiras instalações de filme sonoro, enquanto os cinematógrafos "mudos" de periferia, assustados com a concorrência da nova invenção, tentavam reter o público com "atrações excepcionais" (assim como alardeavam os cartazes). Isso provocou uma enorme afluência de "homens-cobra", "mulheres-sereia", cantores de música popular, acrobatas e imitadores, entre os quais conseguimos garantir o nosso lugar, pois a demanda era grande e os programas se modificavam com frequência, o que nos obrigava a realizar verdadeiras turnês pelas extremidades de Paris, de bairro em bairro, sem jamais ultrapassar um círculo interior que, ao sul, era delimitado por Denfert-Rocherau e, ao norte, por Batignolles. Nunca imaginei que um dia atravessaríamos a fronteira da periferia para chegar do outro lado, ao centro de Paris, onde os luminosos e os cartazes coloridos cintilavam remotos, inacessíveis.

No entanto, não demorou muito até eu conhecer um jovem poeta e pederasta, bem relacionado no mundo da noite. Ao ver Arabela dançar, esse rapaz ardeu de entusiasmo pela arte dela, prometendo lançá-la. Sem poder levá-lo a sério, eu, que em toda aquela história mantive bastante senso crítico, bem sabendo que a dança de minha amada não valia grande coisa, recebi aquelas promessas de glória com muita moderação. Não posso deixar de mencionar, no entanto, que, graças a ele, passamos a fazer parte da programação do Bobino, cabaré de fama popular em Montparnasse, no que dancei com Arabela, por duas semanas, em plena rue de la Gaîté, sem que nenhum cronista nos notasse, mas ganhando fabulosas centenas de francos.

Acabamos nos mudando da mansarda do sexto andar, sem, porém, deixarmos o bairro, que de certo modo se tornara indispensável: para Arabela, pelas relações honrosas que ali fizera, e para mim, pelas cores e pela harmonia surda dos ruídos de periferia, com que acabara travando uma amizade tão íntima que não podia ler ou pensar melhor do que em meio àquela avalanche de sons — uma loja que se abre ao rangido dentado da porta de ferro, um chiado de fábrica, um canto perdido de sanfona, um insulto arrepiante se erguendo da rua, em que dois motoristas se confrontam.

Place de la Convention! Às vezes, de noite, quando tenho dificuldade para pegar no sono, imagino-me passeando a esmo, com as mãos no bolso e o casaco desabotoado, desde o centro daquela praça até a Porte de Versailles, e avanço lentamente, primeiro pela calçada da direita, depois pela da esquerda, detendo-me atento diante de cada loja para rever o letreiro, a vitrine repleta de mercadoria barata e suntuosa, as vidraças embaçadas... Pairava um cheiro de batata cozida, marisco, carne recém-cortada, banana... Havia ao meu redor um desvario de mercadorias atiradas ao acaso, chita, peixes, laranjas, botões e suspensórios, manteiga, ovos, picles. E as vozes que se chocavam no ar, e as luzes que se cumprimentavam de uma calçada a outra... Revejo os rostos conhecidos das pessoas de lá, a velha sorridente da soleira do hotel Messidor, a jovem vendedora de alcachofra da esquina da rua Blomet, o comerciante de frascos do outro lado da rua, que se parecia com Napoleão III e que adquiriu, devido ao fato de o ônibus x parar bem em frente à sua loja, maneiras de chefe de estação...

E vejo Arabela descendo, vindo da direção da rue de la Croix Nivert, onde morávamos, envergando seu impermeável curto, esgueirando-se apressada entre os transeuntes, detendo-se, no entanto, longamente à porta de uma loja para comprar uma quinquilharia, fitando com perplexidade infantil as vitrines maiores e calculando quanto dinheiro lhe restava no bolso, negociando em seguida uma garrafa de vinho da Primistère, onde distribuíam cupons de prêmio que ela colecionava circunspecta, na esperança de um dia ganhar o serviço de jantar "para doze pessoas" fotografado na prateleira.

Isso não só durante o tempo de vacas magras, quando lutávamos com o pagamento do aluguel e as últimas passagens de ônibus, mas também mais tarde, depois de termos ganhado algum dinheiro e feito de nosso novo apartamento na Croix Nivert uma residência agradável. Arabela recusava com teimosia se conformar à nossa situação de artistas que outrora se apresentaram no Bobino e, embora por causa disso tenhamos conhecido uma série de "gente boa" que nos frequentava, ela queria continuar sendo dona de casa, exagerando por vezes com ostentação as suas preocupações domésticas.

Muito difícil definir o tipo de nossos novos amigos. Vagos pintores, vagos poetas, vagos críticos — todos jovens e desabusados, fisgados nos cafés de Montparnasse a altas horas da madrugada, uns homossexuais, outros apenas esnobes (de um esnobismo da devassidão, que exibiam violentamente), outros, enfim, os menos numerosos, rapazes confiáveis, mas preguiçosos e por enquanto desocupados. Não conseguia compreender muito bem a situação deles, embora todos pintassem, escrevessem ou fizessem teatro, alguns deles tendo me contado em detalhe sobre suas relações literárias (mostrando-me, se necessário, uma carta assinada por Cocteau) ou sucessos de um passado remoto — juntando como prova um cartaz velho ou algumas linhas elogiosas publicadas anos antes no *Les nouvelles littéraires*. Interessavam-me pelo seu caráter pitoresco, pela agitação que conferiam aos nossos dois cômodos, onde, aliás, só reinava a disposição de Arabela, constante e comedida como uma chama por debaixo da brasa. Se eram talentosos ou chamados para realizar algo artístico — não sei. Talvez sim. Não entendo disso, mas não me surpreenderia caso alguns deles tivessem chegado longe nesse meio-tempo e, se eu lesse jornais estrangeiros aqui onde me encontro, talvez soubesse de boas notícias suas.

Um gosto ingênuo pela fronda os havia trazido até nós, pois certamente era revolucionário desprezar, como eles, os espetáculos da Grande Ópera para admirar, por outro lado, uma dançarina de baile popular da periferia parisiense. Um deles, inclusive, escreveu num manifesto vanguardista — um daqueles manifestos incendiários, que são lidos por dezessete pessoas dispostas a virar o mundo de ponta-cabeça — que Wagner deveria ser queimado vivo e Bruno Walter (que, naquela época, dirigia *Os mestres cantores de Nuremberg* na Ópera) expulso, para serem substituídos por minha amada Arabela. A mesma Arabela que, aliás, não suportava nenhum deles, pois só apreciava gente sóbria e ponderada, detestando radicalmente tudo o que fosse aventureiro, boêmio e "artístico". Essa moça, que vinha do universo circense, depois de passar uma infância duvidosa e perambular por diversas localidades, essa moça, mais fácil que virtuosa, que se deixou seduzir, pelo menos no meu caso, já na primeira noite, sem que eu insistisse, tinha uma aversão burguesa por tudo o que não fosse legítimo e imaculado. Sofria na companhia dos pederastas e das lésbicas, que abundavam nos bastidores dos bares em que nos apresentávamos, e se horrorizava com os costumes de nossos amigos mais recentes, comportando-se com uma crispação casta e rancorosa.

Certa noite, depois de um longo jantar de mariscos regado a vinho branco, no ateliê de um jovem pintor, onde casualmente nos encontramos com um grupo de moças estabanadas e rapazes embriagados, fomos levados à força, no automóvel de um amigo, ao Bois de Boulogne para assistir a uma suruba. Arabela e eu só conhecíamos por alto e vagamente o significado do termo, sabendo tratar-se de certos ritos sexuais que se realizavam em grupo, no Bois, nas alamedas mais escuras.

A experiência teve início misteriosamente, com trocas de sinais luminosos, de um automóvel para outro, acendendo e apagando rapidamente os faróis. Explicaram-nos que aquele era o sinal de reconhecimento entre os iniciados. Uma longa fila de limusines avançou, com os faróis apagados, para a parte central do bosque e, às vezes, da fila se separavam dois ou três automóveis que, comunicando-se pelos mesmos sinais de rigor, viravam para a direita ou para a esquerda, aos pares. Parece que a primeira condição para uma suruba exitosa era a de que os parceiros não se conhecessem: os homens trocavam de lugar, passando de um carro para outro, trocando, assim, também de mulher. No escuro, com luzes apagadas, cortinas fechadas, sem qualquer tipo de apresentação, sem se verem, quase sem se falarem, eles se amavam, atiçados por aquele mistério barato da escuridão e do desconhecido.

Até então, para mim, toda aquela história não passara de uma lenda. Agora, porém, desfilavam diante dos meus olhos aqueles veículos misteriosos, acompanhava o piscar de seus faróis, via como se esgueiravam na noite as sombras dos que chegavam num acordo. O espetáculo era de uma força tal que despertava toda a minha curiosidade, anulando, confesso, qualquer reserva moral. Não, não era repugnante. Era apenas apaixonante. Seria necessária uma falta de imaginação, como a de Arabela, uma honestidade primária, para alguém se revoltar ali, em nome da decência. Ela se dependurou no meu braço e gritava a plenos pulmões que se recusava a assistir àquela sacanagem (sim, ela disse *sacanagem*, para a minha vergonha e para o embaraço das pessoas requintadas que nos acompanhavam). No entanto, naquele instante, nossos amigos notaram uma limusine azul e passaram a persegui-la em grande velocidade para se afastarem daquela alameda frequentada demais, em busca de um canto mais propício para as primeiras tratativas. Era uma corrida da qual participava com emoção sincera, surpreso com a simplicidade da aventura e aguardando quase sem fôlego o seu desenlace — com exceção de Arabela, que não parava de se debater nos meus braços, gritando que queria voltar para casa e ameaçando quebrar os vidros se não parássemos.

— Vocês são uns safados, estão entendendo? Uns safados. E você também, você também junto com eles! Por que não param? Quero que parem! Seus bandidos. Vou dar queixa na polícia. Me dá um lápis para eu anotar a placa deles. Me dá um lápis, está me ouvindo?

Abriu a bolsa, tirou de dentro dela um envelope e, por não ter lápis, pegou um batom e com ele escreveu no envelope, com dedos trêmulos, a placa do carro que corria à nossa frente, cinco algarismos grandes, numa letra infantil, de um vermelho vivo. Aquele seu gesto de pânico aumentava a tensão da aventura e, naquele momento, me senti em pleno romance policial.

Então, um assobio longo de alarme veio da nossa frente. Um assobio e também um grito, parece. Paramos bruscamente.

Seguiu-se um momento de silêncio apreensivo em que ninguém se moveu, todos de ouvidos aguçados na escuridão. Era como um trem parado inesperadamente, de noite, no meio da planície, em cima de uma ponte. Ninguém sabe o que houve, ninguém se atreve a adivinhar. Uma batida? Uma catástrofe? Uma ameaça? Só se ouve, ao longe, o arquejo mecânico da locomotiva...

Em seguida, surgiram ao nosso redor sombras e vozes. Alguns homens correram para ver o que acontecera. Ouviam-se, por trás das portas fechadas dos automóveis, sussurros de mulheres alarmadas. Descemos. Caía uma garoa tranquila. Ao longe, luzes agitadas se amontoavam. Arabela me acompanhou, caminhando do meu lado, calada. Passamos por entre os carros parados em derredor e ouvimos, várias vezes, de dentro deles, longos suspiros que provavelmente marcavam o culminar de enlaces que o alarme não interrompera. Sentia, no ar gelado daquela noite de março, um cheiro insuportável de alcova, perfume ou sangue, não sei ao certo.

A uns cem passos de distância, formou-se um círculo largo, do qual nos aproximamos com receio. Ocorrera um acidente. Adivinhamos pelos sussurros das pessoas reunidas, pela distância respeitosa em relação a algo que se encontrava no centro e que, só depois de nos aproximarmos bem, vimos tratar-se de um ferido. Todos olhavam para ele, à distância, intimidados, sem se atreverem a se aproximar. Era um garoto de dezesseis anos, que passava por ali de bicicleta e fora atropelado por um automóvel em alta velocidade, de faróis apagados.

Arabela atravessou o grupo e avançou sozinha. Um cacho do seu cabelo negro lhe cobriu a testa, e nem teve a preocupação de o remover, tão séria e atenta que estava. Ajoelhou-se junto ao ferido e o fitou longamente, sem se emocionar. Em seguida, arregaçou as mangas, procurou um lenço limpo e pediu água. Alguém se apressou por trazer, não sei de onde, talvez do carburador de um carro.

Ela ergueu a cabeça do ferido e a apoiou no joelho dela. Viu-se, sob a luz dos faróis, uma cabeça fraturada e uma mecha de cabelo ensanguentada. Uma mulher ao meu lado se pôs a gritar, histérica. Estava usando um vestido elegante e amarrotado e, a julgar pelas faces coradas e pela respiração entrecortada, o acidente a surpreendera no meio de um orgasmo. Arabela a fitou longamente com um olhar severo — um olhar que eu não teria suportado se tivesse sido dirigido a mim.

Não havia nada a fazer. Dei-me conta, desde o início, de que o menino estirado na terra molhada estava morto. Das minhas velhas lembranças médicas, ao menos isso eu sabia. Nesse meio-tempo, a polícia chegou. Peguei Arabela pelo braço e demos no pé. Caminhamos por muito tempo, calados, eu grato àquela chuva murmurante que caía, que nos ajudava a não pensar em nada e sobretudo em nós. Acabamos encontrando um táxi perdido, que nos levou até em casa em meia hora, e durante todo aquele tempo Arabela permaneceu imóvel, absolutamente ausente.

Quando nos vimos de volta ao nosso quarto, ela se atirou à cama, vestida do jeito que estava, e se pôs a chorar, aos soluços, pueril, um choro agitado que deveria redimir tudo, pelo perdão daquela noite.

## V

DESDE então não conversamos mais sobre o assunto. Por alguns dias, evitamo-nos um ao outro e falamos muito pouco, sobre outras coisas, procurando afazeres, fugindo do olhar do outro. Em seguida, esquecemos.

Hoje, ao evocar essas lembranças, a violência de Arabela naquela noite, o seu pavor, o seu desgosto pela perversão e pela morte, que ela manteve por alguns dias num sorriso extenuado, tudo isso me parece, de longe, menos pueril e provido de uma certa aura que na época não compreendi, pois a proximidade nos impede de compreender muitas coisas.

No entanto, naquelas suas características provavelmente repousava aquilo que, mais tarde, os críticos chamaram de "gênio" de Arabela. Escreveram-se tantos artigos sobre ela, sobre sua arte, sobre a emoção de sua presença no palco — e todos esses comentários não lograram atingir o ponto central. Eu mesmo,

MULHERES

acompanhando-a ao piano, estremecia ao chamado de sua voz, embora me concentrasse o máximo possível; fiquei intrigado com o mistério daquela emoção, como o mistério de um brinquedo que inventamos, mas que foge ao nosso controle e nos supera.

Quem diria, naquele dia em que recebemos a proposta de realizar um número de canções no cabaré-teatro do interior, quem diria aonde nos levaria aquela aventura insignificante? Para mim, a proposta era absurda.

— Cento e sessenta francos por noite — disse Arabela —, não é um negócio que podemos encontrar a toda hora.

— Não, claro. Mas sendo acrobata ou no máximo dançarina, não vejo, moça bonita, como é que você vai cantar, mesmo que seja por cem vezes cento e sessenta francos.

Ela deu risada, admirada com a minha lógica. A dela era mais simples. Havíamos sido convidados para cantar num cabaré do interior. Cantar, não dançar. Então vamos cantar.

— Meu querido, a vida inteira fiz o que os outros me pediram. O que eu quero, o que eu sei, o que eu posso: nunca ninguém me perguntou. E também nem dei explicações. Você está dizendo que essa oferta que recebemos é confusa. Pode ser. Mas, em primeiro lugar, é um contrato, e um contrato não se recusa: se assina.

Não era a primeira vez que eu me rendia diante de Arabela e da aventura. Em poucos dias, nosso programa estava pronto. Realizamos ensaios febris — eu ao piano, Arabela zanzando pela casa com afazeres — com algumas canções que estavam na moda, duas canções de amor clássicas e, para agradar ao público, uma antiga balada auvernesa, da região em que haveríamos de nos apresentar, balada retirada das confidências musicais do Seu Pierre, dono da loja de frascos, excelente barítono e clarinetista da fanfarra distrital. A voz de Arabela me parecia aprazível, e nada mais, de modo algum esperava o sucesso desmedido, esmagador, que haveria de nos reter um mês inteiro no mesmo teatro e, depois, alguns meses pelas grandes cidades do Sul, portos opulentos ou balneários anacrônicos de temporada.

Que noites festivas, com um entusiasmo talvez demasiado cordial por parte do público, que nos encorajava aos gritos, como numa partida, mas também com momentos de um silêncio comovido, quando toda a sala permanecia com a respiração suspensa até o último acorde da balada da Auvérnia, que Arabela cantava devagar, como se desfizesse à noite, entre os dedos, um novelo de seda, atenta ao seu fio cintilante.

Pude então sentir o tom pessoal de tristeza que hesitava na canção de Arabela e que se esforçava por se livrar de sua inabilidade, de toda a sua pose e comportamento de "artista". Sem saber muito bem que delicado filão de emoção eu dirigia, decidi tentar simplificar o nosso número, amontoado heterogêneo de melodias, e ordená-lo melhor desde o início.

Quem chegou a ouvir Arabela mais tarde em Paris, naquela noite do Empire, que ficou famosa nas crônicas do mundo do espetáculo, jamais saberá por quantas configurações passara o nosso número, até chegar àquela imagem perfeita que acabou por a popularizar nas revistas ilustradas. Tudo, o vestido de Arabela, seu penteado reto e liso, as cortinas pretas que nos emolduravam, minha posição ao piano, a ordem das melodias no programa, o bracelete de prata que Arabela usava no pulso esquerdo, seus braços compridos, pendendo preguiçosos ao longo do corpo, com as mãos entrelaçadas como dois pássaros no joelho, tudo foi conquistado lentamente, dia após dia, depois de inúmeras correções e, se me esforçasse por lembrar, talvez conseguisse dizer, hoje, com precisão, de quando e de onde vem cada detalhe do nosso espetáculo, em Brest ou em Nîmes, pois, passando de cidade em cidade, simplificávamos a cada nova experiência o nosso movimento no palco e a cenografia.

O mais difícil foi encontrar para Arabela um lugar no palco, pois, embora calma e absolutamente desinibida, era completamente incapaz de encontrar uma posição natural enquanto cantava. Não sabia o que fazer com as mãos, não sabia dar dois passos, não sabia em que se apoiar. Troquei-a várias vezes de lugar, ora em pé do meu lado, como se acompanhasse a partitura por cima dos meus ombros, ora à direita, na frente do palco, apoiada numa prateleira baixa, ora à esquerda, levemente inclinada sobre a cauda do piano.

Nenhuma posição funcionava. Foi um autêntico triunfo o dia em que, durante o ensaio, gritei-lhe, exasperado, que subisse no piano. Sentou-se comodamente, como numa poltrona e, de repente, reencontrou a autoconfiança, pois, bemposicionada sobre o piano, de pernas cruzadas e com as mãos calmamente unidas sobre o joelho, lembrava sua antiga posição na tela de seda, suspensa no circo, de modo que recobrou o sorriso de melancolia e indiferença que a iluminara calorosamente desde a noite em que nos conhecêramos.

Não, não sei de onde exatamente vinha aquela vibração íntima do seu canto, a beleza imaculada e, no entanto, embaçada das melodias. Ainda hoje escuto, às vezes, na vitrola, alguns discos que gravamos (felizmente poucos e difíceis de encontrar) e me pergunto que chave me escapa para poder desvendar aquele mistério, do qual participei e que se desenrolou debaixo do meu nariz. Tinha uma voz de pequena amplitude, sem modulação, quase sempre monótona, com leves nuances falsas, mas, desde as primeiras notas, parecia afastar não sei que cortinas pesadas, revelando uma imensa janela para o sonho.

Cantava com empenho e ao mesmo tempo com inaptidão, como um iniciante que tateia uma melodia ao piano, surpreendendo-se ao ouvi-la, e ela manteve esse ar de indecisão e hesitação o tempo todo, mesmo quando o sucesso lhe dava o direito de se sentir segura de si. Mas era totalmente desprovida de elã, incapaz de gestos ou sorrisos ingênuos, cantando qualquer coisa — balada ou copla — com a mesma voz invariável e esforçada de criança triste.

Creio jamais ter flagrado nela um momento de cabotinagem ou ao menos de orgulho, pois tinha a consciência de estar fazendo um trabalho nem melhor nem pior que outro e se, em vez de cantar, devesse coser ou bordar, tenho certeza de que investiria nisso a mesma boa-fé e simplicidade. Tratava-se de uma

ARABELA

atividade honesta e pura, que nada tinha a ver com "arte", e se a canção de Arabela era de fato comovente, isso não derivava do fato de ela cantar, nem de sua voz modesta, mas de outro lugar, do seu cansaço íntimo, de sua melancolia remota, que atirava sobre a canção e também sobre sua vida, sobre suas coisas e suas recordações, um véu baço de luz.

Certo dia, antes do nosso retorno a Paris e da estreia no Empire, ao recordar umas férias passadas muitos anos atrás, na minha época de estudante, num vilarejo alpino, onde conhecera e amara por uma única noite uma moça, que desde então desaparecera por completo, ao recordar aqueles tempos, pedi a Arabela que cantasse os versos da canção de uma brincadeira de roda que então ouvira.

> *Il court, il court le furet,*
> *Le furet des bois jolis*
> *Il a passé par ici*
> *Il a passé par là bas*
> *Il repassera par là...*[33]

Pedi-lhe, sem saber que descobriria, por acaso, a mais bela peça do nosso programa, a única, na verdade, à qual passaríamos a dever dentro em pouco a nossa celebridade, melodia que haveria de circular um ano inteiro pelas metrópoles europeias, ouvida na vitrola, no rádio, em ritmo de *jazz*, em orquestras vienenses ou assobiada à noite nas ruas desertas por um transeunte atrasado, canção que inicialmente surpreendera por sua simplicidade (pois era no mínimo ousado apresentar num grande teatro, num palco famoso, uma melodia que crianças berravam na escola, na hora do recreio), mas justamente essa ingenuidade deveria agradar e criar, baseada no próprio exemplo, toda uma moda. Vivia-se um retorno repentino da valsa, das canções de amor de 1900, dos quadros de Toulouse-Lautrec

---

33. Em tradução livre, "Ele corre, ele corre o furão; O belo furão dos bosques; Ele passou por aqui; Ele passou por ali; Ele passará por aqui novamente". [N. E.]

MULHERES

ou Vuillard, dos vestidos longos e dos tricórnios, tudo filtrado de acordo com o gosto da época, com certo carinho por aqueles anos anteriores à guerra, felizes e sentimentais.

Em meio a toda a boa sorte e glória da nossa carreira, só reivindicaria o fato de ter sentido possível a poesia de um programa de canções fora de moda e que, enquanto nossos amigos nos incentivavam a montar um recital de música moderna, e Arabela tendia para as canções novas, insisti em nos atermos exclusivamente a algumas melodias anacrônicas, dentre 1900 e 1920, sabendo que uma canção de amor de dez anos atrás, ressuscitada, seria superior a uma recente, no que toca à nostalgia e ao leve ridículo que recobre todas as nossas emoções miúdas do passado.

Desenterrei então, do esquecimento das gerações mais sofisticadas, todo um repertório de baladas de amor, que no passado teriam inspirado prantos ou danças, e as reatualizei, sem ironia pelo seu mau gosto, mas interpretando-as com a sinceridade inicial de seus dias de glória. Colhi canções de amor fora de moda de vários lugares, Inglaterra, Alemanha, França, anteriores à guerra ou imediatamente posteriores, e em seguida fiz uma seleção, e nisso o gosto de Arabela foi decisivo, pois ela ao menos não julgava por critérios estéticos, mas com base em seu entendimento de boa moça que, ao ouvir uma "canção bonita", anota-a num pedaço de papel e, em seguida, à noite, se está triste e tem vontade de chorar, a canta.

Talvez ainda hoje se cante *Adelaide's Dream* ou *When the Red Bill*, que descobrimos num amontoado de partituras no sótão de um sebo, uma de 1890, a outra de 1910, que em seguida lançamos num bar parisiense de clientela anglo-saxã, onde Arabela cantava, com sincera compaixão, o sonho daquela Adelaide de fim de século. Mais tarde, quando estivemos pela primeira vez em Londres, precedidos pelos ecos de um sucesso que começava a invadir toda a Europa, mais graças à estranha fórmula de nossos concertos do que à sua qualidade, então, mais tarde, tivemos que montar um programa inglês (oh, cômicas e ternas noites de cabaré londrino, em que o público da sala balançava à sua interpretação de *Venetian Moon*, canção de amor pueril, esquecida já em 1920...), o que nos obrigou, em seguida, já em turnê, a preparar, para cada capital, um programa específico, realizando verdadeiras incursões de folclore na área do tango e das valsas do passado. Tornei-me profundamente sentimental na época em que Arabela ensaiou, às vésperas de nossa estreia vienense, *Wien, du Stadt meiner Träume*, que ela cantava com um terrível sotaque estrangeiro e infindável nostalgia, embora só compreendesse metade das palavras...

Encontrávamo-nos realmente nos cumes da glória e as revistas ilustradas de teatro começaram a publicar, na coluna de curiosidades, a cifra de nossos ganhos e cartas de amor anônimas, endereçadas a Arabela a cada manhã.

*Arabela and partner*! Cartazes azuis, brancos, vermelhos e verdes se alastravam pelo continente e pelo mapa da Europa como bandeirinhas multicoloridas indicando o itinerário da vitória — e agitando nossos nomes em paragens remotas, nos painéis dos teatros, nas janelas dos bondes, nos maços de cigarro de luxo.

Gostava muito de ver a nossa imagem na primeira página dos programas, Arabela em primeiro plano, desenhada em azul vivo — cor que lhe caía bem —, e eu, em perspectiva, escondido ao piano, caracterizado por traços negros que sombreavam meu rosto e me mantinham anônimo.

*Arabela and partner* me parecia um título de espetáculo de cabaré que continha a dose exata de um necessário mistério e, ademais, sem me esconder de ninguém, pois nem pensava em voltar a ser o que tinha sido, contentava-me em me resguardar, dessa maneira, da curiosidade de antigos conhecidos.

Nos cartazes eu não passava de um simples "parceiro", o que afastava de mim as luzes e as gazetas. No meu íntimo, sem ousar assumi-lo, estava contente sobretudo com o fato de que ninguém em Bucareste ficaria sabendo de nada.

Várias vezes quase recebemos convites para a Romênia e, enquanto nos apresentávamos em Viena ou Budapeste, telegramas de Bucareste contendo propostas nos assediavam em todos os hotéis, o que tornava a recusa mais difícil, pois eu não podia dizer a Arabela que não podíamos aparecer lá por

MULHERES

causa de uma mulher que eu não queria que me visse. Era uma criancice — e eu sabia muito bem disso.

Ao realizarmos nosso filme na Paramount, foi um verdadeiro calvário a minha luta com o diretor, que fazia questão de colocar Arabela e eu debaixo da mesma luz branca. Tive que lançar mão de toda minha habilidade e insistência para o convencer de que, para a pureza do canto, para a simplicidade da imagem, eu tinha que permanecer na penumbra, mera silhueta escura, cujo movimento das mãos sobre o teclado devesse ser vez ou outra sublinhado por um facho de luz, perdendo-se em seguida entre as cortinas. Na tela permaneceria apenas um círculo branco contendo Arabela, demasiado indiferente ao que acontecia em derredor para se incomodar com o exército de refletores nela focalizados.

A verdade é que me assustava o fato de que aquele filme pudesse inevitavelmente passar em Bucareste, e o espetáculo me parecia indecente diante de uma sala repleta de gente conhecida, apavorando-me sobretudo ao imaginar Maria, que — grande cinéfila — me fitaria desde a sua poltrona, perplexa, certamente ouvindo o comentário arrogante de Andrei, inclinado sobre ela para sussurrar com negligência: "Eu te disse que esse Ştefan Valeriu nunca seria alguém".

As obras-primas devem ser o que são graças a tais truques, pois a estreia do nosso filme foi recebida por uma avalanche de elogios e comentários, todos os críticos explicando com competência e termos técnicos, a mim desconhecidos, o valor da luz e da sombra em nosso curta-metragem. Talvez tivessem razão, embora não conseguisse levar a sério todas aquelas verdades estéticas, sabendo que elas ocultavam apenas uma história de amor medíocre em que, Deus é testemunha, nada havia sido premeditado.

O que não me impedia de ir, às vezes, nas noites livres, a um cinematógrafo de bairro que apresentava o nosso filme, para assistir a ele e ouvir Arabela, simples e comovente na tela, assim como era no palco ou em casa, com aquele seu sorriso embaçado como um beijo.

## VI

Não sei dizer quando exatamente ocorreu o pequeno incidente que segue. Na época, não lhe dei importância, e nem hoje estou completamente convencido de que tenha alguma ligação com a nossa separação ulterior.

Certo dia, eu falava sobre seus antigos colegas de circo. Falava com bastante indiferença, para não deixar espaço para arrependimentos. Então, Arabela me disse, de repente, como se lembrasse aquilo só naquele momento:

— Você sabia que o Dikki foi meu marido?

Claro que não sabia e nem desconfiava. Dikki, aquele indivíduo sem idade, careca e alcoólatra? A revelação era mais cômica do que preocupante.

— Por que só agora é que você me diz isso?

— Sei lá… calhou agora.

— Você é um fenômeno, Arabela. Um fenômeno. Vivemos juntos há tanto tempo, você me conta as coisas mais inimagináveis, passamos horas inteiras matraqueando, e só agora você resolve me dizer uma coisa que de todo modo é mais importante que muitas outras.

— Sou assim, Ştefan. Esquecida.

Silenciei por alguns instantes, desarmado pela simplicidade da resposta — e em seguida irrompi, com certa violência.

— E por que justamente o Dikki? Dos quatro, por que justo ele?

— Porque era mais simples com ele. Entende? É muito difícil viver, como eu vivia, com quatro homens, como se fosse uma família. Casada com um, os outros três tinham que permanecer sossegados, afastados. Numa história dessas, o mais importante é não ter que se haver com amores e complicações. E com Dikki, pelo menos, não tinha como se tratar de amor, não é?

Lembrei-me então daquele seu olhar dirigido a Beb, que flagrei aquela noite no camarim do Medrano, e logo me perguntei se a partida de Arabela não teria sido mais séria do que eu imaginara, e se não teria deixado para trás lembranças mais profundas do que as de um pacto entre cabotinos. Aquele rapaz, Beb, talvez tivesse algo a dizer.

Depois, não muito depois, num teatro-cabaré no norte da Alemanha, durante uma de nossas turnês, reencontrei vestígios de seus antigos colegas, e devo reconhecer que quem se emocionou mais fui eu, e não ela. Eles haviam nos precedido em duas semanas no programa, e agora já estavam em outro lugar, desconhecido. Encontrei seus nomes e retratos na coleção de jornais locais, na coluna teatral, e soube que a apresentação se coroara de certo sucesso. Com certeza haviam progredido desde a última vez que nos víramos e, embora não estivessem entre os artistas mais famosos, realizavam um número honesto, na primeira parte do espetáculo, como prelúdio ao número principal. Olhei com muita curiosidade as fotografias, e percebi que haviam simplificado bastante os aparelhos, os movimentos, as cores.

— Um dia esses rapazes vão chegar longe — refleti.

— Talvez — respondeu Arabela, sem me aprovar ou contrariar.

Via-se claramente que, de uma maneira ou de outra, para ela dava no mesmo.

Continuei, insistente:

— Falta-lhes só uma coisa. Você. Lá em cima, na tela de seda, fazendo nada, esforçando-se apenas por manter um sorriso, você era a poesia do trapézio deles. A flor inútil. Um diretor genial talvez não conseguisse encontrar um detalhe de tamanho valor.

Dizia-o para a aborrecer, ou para a desafiar, ou, simplesmente, para exercitar meu velho instinto de maldade. Mas com certeza eu tinha razão e, ao ver aquelas fotografias, percebi também que faltava naqueles trapézios brancos a imagem de uma mulher, assim como uma pedra falta num anel.

Arabela me ouviu até o fim, risonha, e em seguida me pegou pelo braço e me deu um beijo, com o ar de quem diz, repreendendo: "E agora nos comportemos e deixemos de besteira".

Por que estou me lembrando de todas essas ninharias agora, não sei ao certo. Tento resgatá-las na memória para passar o tempo, assim como reconstituo, por exemplo, uma partida de xadrez após terminá-la.

Muito provavelmente elas não tiveram ligação alguma com o que aconteceu depois, não foram esses pequenos incidentes que nos levaram à separação, mas alguma outra coisa, mais simples e ao mesmo tempo mais inexplicável. Outra coisa, que espantosamente se parecia com o início do nosso amor e que se chamaria "aventura", caso essa palavra se adequasse à mente pueril de Arabela.

Muitas coisas surpreendentes passaram pelas nossas vidas e as deixamos passar, amando-nos no último dia como no primeiro, com a mesma volúpia suave, em que tudo era conhecido, como o gosto eterno do pão. Isso podia durar um ano, dois, dez... Assim como podia acabar a qualquer momento.

A separação! Foi simples e, pensando nela muito sinceramente, parece-me mais importante falar do casaco verde que Arabela usou no nosso primeiro inverno juntos ou de seu vestido preto de gola amarela (vestido que a tornava mais alta e encantadoramente pálida) do que sobre a separação.

Estávamos em Genebra, no início de setembro. Fomos para inaugurar a temporada teatral na sala do cassino, enquanto Aristide Briand, a duzentos passos de distância, na Liga das Nações, inaugurava a temporada diplomática. Um outono passional, em que se discutiu, pela primeira vez, o projeto de Estados Unidos da Europa,[34] numa atmosfera festiva infantil, para a qual, digo sem exagero, a presença de Arabela em muito contribuiu, pois os ministros estrangeiros invariavelmente se encontravam nas lojas, às nove da noite, durante o nosso concerto.

As manhãs brilhantes à beira do lago, os vestidos brancos esvoaçantes na avenida Wilson, a invasão dos jornalistas diante do hotel des Bergues, a corrida dos fotógrafos pela rua, atrás de instantâneos e celebridades... Era idílico e relaxante como uma opereta.

---

34. Em 5 de setembro de 1929, em nome do governo francês, Aristide Briand anunciou o projeto de uma união europeia. [N. T.]

Certo dia, à beira do lago, alguém nos chamou, um rapaz jovem, que tinha acabado de descer de um bonde que passava por ali. Estávamos acompanhando, distraídos, um jogo de polo aquático entre algumas jovens inglesas. Arabela, com o rosto todo iluminado pelo sol, dava risadas como uma criança.

Viramo-nos, surpresos, e, num primeiro momento, nem ela reconheceu Beb, que nos chamara e ficara parado atrás de nós, embaraçado com o forte entusiasmo do reencontro.

— Olha só, Beb — disse Arabela, sem levantar a voz. — Como você mudou, Beb: está bonito. Mas continua faltando um botão no seu colete. Costure-o de noite, está me ouvindo? Costure-o.

Beb realmente mudara. Menos pálido do que quando o conheci, mais alto talvez, mais esportivo. Estava usando um terno cinzento de verão e, àquele sol branco de setembro, havia um quê de exageradamente juvenil na sua surpresa e emoção.

Explicou-nos, em poucas palavras, que se encontrava em Genebra apenas por um dia, de passagem. Deveria partir naquela mesma noite rumo a Montreux, onde Sam e Jef o estavam aguardando: um contrato excelente.

— E Dikki? — perguntou Arabela.

— Nós o perdemos de vista quatro anos atrás em Argel e nunca mais o vimos.

— E vocês?

— Estamos bem. Sucesso, dinheiro. Se você soubesse, Arabela, como as coisas correram bem para nós! Sempre te disse que a glória nos esperava. Lembra quando você foi embora.

Falava com animação, rápido, com as mãos no bolso para não gesticular, e caminhava com meio passo à nossa frente, para poder olhar nos olhos de Arabela. Estava agitado como um estudante de liceu e gostei tanto de ver aquilo que não pude evitar lhe perguntar, com simpatia, como a um velho camarada:

— Diga a verdade, Beb, você ainda ama Arabela?

Respondeu na hora, brevemente, com um certo movimento pedante da cabeça, mas bem-humorado.

— Sim.

— Vocês dois ficam falando besteira — censurou Arabela.
— Melhor irmos comer.

À noite, Beb foi embora de trem para Montreux e, às nove, nós dois fomos, como de costume, para o espetáculo. Vesti o fraque muito tranquilamente. Pressentimentos são uma besteira. Desde o piano, olhava para Arabela e dizia para mim mesmo, toda noite, que ela não era bonita e nem sabia cantar, mas acompanhava com a mesma perplexidade e a mesma tranquilidade profunda a sua voz úmida, que desencadeava em mim tantas melancolias, parecendo revolver delicadamente lembranças e esquecimentos.

Mais tarde, depois do teatro, fomos caminhar à beira do lago. Soprava da montanha um vento gelado anunciando tempo incerto, forte demais para uma noite de verão, amistoso demais para uma de outono.

— Agora deve estar gostoso lá em cima, no nosso quarto — disse Arabela, apoiada no parapeito, de frente para o lago, apertando o meu braço com força.

Subimos devagar a escada do hotel, atrasando de propósito os passos, pois sabíamos que noite agradável nos aguardava e, de fato, nos amamos, sem pressa, cuidadosos, confiantes no momento do enlace e ouvindo crescer ao nosso redor, na sombra, grandes círculos de silêncio. Creio que, se até então entre os nossos corpos houvesse qualquer grão de desentendimento, aquela noite consumiu tudo. No escuro, o sorriso de Arabela era caloroso como um bichinho sonolento.

Por isso, talvez, de manhã, não me assustei quando, esperando-a no saguão e fitando-a descer a escada na minha direção, Arabela me fez de longe um sinal para eu me aproximar e me perguntou, com naturalidade, como se me perguntasse as horas:

— O que você diria, Ştefan, se eu fosse atrás do Beb?

— Sei lá, querida. Acho que seria complicado com o teatro daqui. Temos um contrato.

— Eu daria um jeito.

— Certo. Então vamos tentar.

À tarde, acompanhei-a até a estação de trem. Estava levando uma maleta de mão, só uma. O resto iria depois.

Conversamos algumas ninharias até a chegada do trem. Apertamos as mãos, sem nada de heroico no gesto, em perfeita sintonia.

— Se fizer frio, Ştefan, vista o casaco à noite. Ainda mais na área do lago, tem friagem.

Entardecia, eram cinco horas. Fui a pé até o centro da cidade e, no caminho, comprei os jornais para ver o que tinha acontecido de manhã na Liga das Nações. Houvera debates ardorosos.

# Ayllon

1. *Cabalat shabat: poemas rituais*
   Fabiana Gampel Grinberg

2. *Fragmentos de um diário encontrado*
   Mihail Sebastian

3. *Yitzhak Rabin: uma biografia*
   Itamar Rabinovich

4. *Vilna: cidade dos outros*
   Laimonas Briedis

5. *Israel e Palestina*
   Gershon Baskin

6. *Acontecimentos na irrealidade imediata*
   Max Blecher

7. *O Rabi de Bacherach*
   Heinrich Heine

8. *Em busca de meus irmãos na América*
   Chaim Novodvorsky

9. *Mulheres*
   Mihail Sebastian

10. *A toca iluminada*
    Max Blecher

Adverte-se aos curiosos que se imprimiu 1 000 exemplares deste
livro na gráfica Expressão e Arte, na data de 17 de julho de 2024,
em papel Pólen Soft 80, composto em tipologia Minion Pro, 11 pt,
com diversos sofwares livres, dentre eles LuaLATEXe git.
(v. 0435e71)